人民艺术家·王蒙
创作70年全稿

小说编
猴儿与少年

·13·

王　蒙

能回忆成小说的人,也用小说来期待与追远

目　　录

一　一道道山 …………………………………………（ 1 ）
二　筑路 ……………………………………………（ 8 ）
三　背篓 ……………………………………………（ 13 ）
四　火红年代 ………………………………………（ 20 ）
五　困难 ……………………………………………（ 25 ）
六　高峰大树 ………………………………………（ 30 ）
七　古村与少年 ……………………………………（ 34 ）
八　七个我 …………………………………………（ 39 ）
九　雨季造林 ………………………………………（ 44 ）
十　缤纷 ……………………………………………（ 49 ）
十一　吴素秋来了 …………………………………（ 53 ）
十二　温暖 …………………………………………（ 59 ）
十三　丢戒指 ………………………………………（ 64 ）
十四　一抡三圈 ……………………………………（ 68 ）
十五　猴儿三少 ……………………………………（ 71 ）
十六　余响 …………………………………………（ 77 ）
十七　猴精 …………………………………………（ 82 ）
十八　面对 …………………………………………（ 85 ）
十九　梦猴 …………………………………………（ 89 ）
二十　远方 …………………………………………（ 92 ）

二十一　吃元宵 …………………………………（ 96 ）
二十二　再访 ……………………………………（101）
二十三　未相忘 …………………………………（108）
二十四　飞跃 ……………………………………（115）
二十五　旧疑案与新机遇 ………………………（120）
二十六　病乎？…………………………………（123）
二十七　碳酸锂 …………………………………（127）
二十八　疑难与期待 ……………………………（131）
二十九　山清水秀 ………………………………（135）

一　一道道山

二〇二一年，一九三〇年出生的外国文学专家施炳炎老人回忆起他从一九五八年开始的不同的生活历练。他与小老弟王蒙谈起，他的体验和各种遐思。他相当兴奋。

施炳炎已经过了九十岁了，他说在他的青年时代，得知了一大套关于年龄的文辞命名，他感觉到的是奇异与遥远，仍然不无悲凉。看到了"古稀""耄耋"的说法，那种陌生与将尽的感觉令他回避。他更惧怕的却又是中途失去到达古稀与耄耋的福寿。后来呢，同样遥远的南北两极、赤道，他虽然没有去，毕竟在阿拉斯加州安克雷奇经停候机八次了，那个机场的候机室大如一个篮球场，而机场快餐店的墙上，挂的是一张压扁了的五官俱全的北极熊皮。而新加坡，特别是厄瓜多尔，也使他觉得赤道不赤道，无须惊异。他对于遥远与陌生、奇异与遥远、南极与北极、赤道与厄瓜多尔、古稀与耄耋的感觉变得越来越亲近了。亲近来自日历、年历，来自阿拉斯加、厄瓜多尔机场。

不知不觉，不可思议，关于年龄的美妙的众说法，他也都一一经历了即失去了或者正在经历即正在失去着。世界上有一种获得即是失去的悲哀，包括一切成就与财产，但都不如年龄与年龄段是这样的得即是失。且看金钱名誉地位，是得以后失，未失之前，当然是稳稳当当地得着的，哪怕一天。而时间造成的年龄，秒、分、时、日、旬、月、年、年代与世纪，一旦获得，没有一刻不在减少与走失。

还有一两个关于年岁背后实是生灭的说法，他没有把握也不想谈论,只能顺其自然、乐观其成,要不——就是节哀顺变、驾鹤西去了。

一不小心,他历经襁褓、孩提、髫年、龆年、总角、黄口、舞勺、舞象、弱冠……当真是琳琅满目,花样齐全,因为他老了,他在老着,继续不断。他在温习,他在怀疑,他问自己:这么复杂巧妙充盈奇特文雅高贵的一大套名词,难道都是真实的吗?难道不是国人大雅吃饱了撑的撒豆成兵的迷魂阵吗?他又反刍又背诵,五体投地。髫年垂发,龆年换牙,三十而立,四十不惑,五十六十知命耳顺,六十花甲,七十古稀……一个出自中华历法,一个出自杜诗,花甲古稀之说居然比孔圣人关于知命耳顺的说法更普及与深入人心。还是民间厉害,这也叫"礼失求诸野"吗?

八十岁耄耋,公众号小编竟然将它写作饕餮,还怕受众看不懂和不会念,注上了汉语拼音 tāo diè,斯文可能扫地,也可能无定向随风飘逝,耄耋而后居然能饕餮一把,其乐何如?错得如此鼓舞斗志!

九十岁的这个年纪叫鲐背,背上长出了类似鲐鱼身侧的纹络?老而鱼变乎?衰而轨迹乎?他知道有一种进化论,认为人不是猴子而是鱼,乃至海豚海豹演化过来的。鲐背者,认祖归宗也。想起来全身一激灵,想哭,想笑。弱冠而立,二十三十岁的说法还好,自然鲜明亲切,没留神您,怎么居然一家伙闹起九十岁的鱼皮皱褶来了呢?所有的驿站,你姓施的都过全了吗?你不会是跳着走的吧?五十岁以后咕咚掉到六十三岁的大坑里啦?时间啊时间,你什么都不在乎,你剥夺了须发的黑色,你揉皱了少年的皮肤,你呆木了如水的眼神,你改变了每个人的活法,你不打招呼,不提醒也不预警,你从来不与期待你、害怕你、思念你、恋恋不舍你的人们互动与沟通,你就是这样自以为是地要把着俺施老汉的生命的吗?

他九十了,一天一小时都不会差的,如果差五分钟,那么五分钟后就不差了,如果差十个月,那么,少安毋躁,您绷绷,除非您心衰脑崩夸父追日与时间赛跑抢到了头里。无可怀疑,这是一,不可思议,这也是一,不是二。

一百曰期颐,期待美好的保养,尊之为人瑞,人而"瑞"一把,是人生幸福、成功人士的标志性美玉。后来加了一说:一百一十是有光之年,这个说法是由于周有光先生的长寿才新诞生的民间少数人词语。不抱幻想,也不拒绝,这就是道法自然吧。来去自由,政策出于必然,无可选择,必然其实就是当然、安然、本然、这,您!

"有意思。世上一切,都要找到最合适的称呼。活到老,学到老,成长到老,命名到老。然后,齐活,踏实,心平气和。"王蒙赞道。

炳炎说他自己,将至九十岁的时候涌起了、满溢了对于六十、七十、八十年前的回忆,歌哭兼得,哀乐无涯,自我安慰,解脱开怀,又实在不好意思,有不敢与不必,更有那么多痛与快、痛与醒、痛与惜、痛与勇敢、决心、破釜沉舟、哀兵必胜、物极必反、置之死地而后生、砸烂了重来、任重道远、另起炉灶、失败是成功的亲妈。

当时呢?叫做当头棒喝,叫做头破血流,用现在的言语呢,电视小品里的说法是:你摊上大事儿啦!

天高云淡,南飞雁望也望不断。横扫千军,暴风骤雨,大轰大嗡,又叫做别开生面,叫做雷声大雨点不怎么小。雨过天晴,柳暗花明,二十年后又是一条好汉。铙钹锣鼓齐鸣,良辰美景奈何天,赏心乐事,一道道水来一道道山?

施炳炎教授、施炳炎副主席问王蒙:"说说我的一些事儿,给你提供点素材,你能听得下去吧?"

王蒙说:"欢迎,谢谢,当然。"

王蒙又想,老爷子说起话来,可别累着,也希望他能说能止。知止而后有定,没了定可就是说没了准儿啦,话忒多了,小弟我也陪不起呀。

其实爱听。老爷子有干货,小伙子晒激情。干货十五元一克,激情一块钱一立方。

老施,当时还是小施,六十三年前,摊上事儿了以后,于是进了一道道山,一道道水。山水如梦,如画,如翻页掀篇,如大歌剧的序曲开锣,如嘉年华狂欢节开幕派对。

一九五八,跃进华年,大山连连,河水盘盘,公路旋旋,苍鹰横天,水流潺潺,浪波溅溅,山风呼呼,白云翩翩。长春第一汽车制造厂苏式解放牌货运卡车,撞撞颠颠,寻找着坑坑洼洼的——满山路面。而漫山遍野的修路人,穿着相当整洁的劳动布服短衫,加上了肘部膝部肩部的劳保预应防护高级补丁块,有的还戴着工人阶级的白线手套,拉开了时代壮丽、勇于进取,风景洋篇,工程会战光景,何等光辉灿烂。

人们在挖垫铺撒,运输平整一车车沙土、碎石、黄土,清理崖壁路面,修建符合国家高标准新公路。当时的说法是:粮食与钢铁是"元帅升帐",电力与交通运输是"将官先行",还有"水肥土种密保工管"的农业"八字宪法",还有农业以粮为纲,农村发展以猪为纲,经济发展指标要翻一番。而我们的主人公施炳炎,一进山区,就看到了公路修建大兵团,这样的体量、阵容和热度,令他终于振奋万千。批斗了,醒悟了,俱灭了,舟沉底了,树也病了,然后江河奔流,千帆过,万木春,春雷滚滚,艳阳高天!

从省城市区商业系统杀过来的劳动大军,自有城市特色,动人心弦的是,一边干着活一边吹哨、喊叫、吆喝,还唱起歌儿,动静大,分贝高,闹得欢,猛撒欢。一个古老的民族。沉睡沉酣,醒过来,大撒欢。班组长们、小头目们,用哨声统一行动,用哨声喊声歌声鼓舞士气,声振云天。对于施炳炎来说,他好像反身于小学生体育大会、举国一致地大干社会主义中,人们都变得年轻活泼雀跃起来了。发令枪已经打响,比赛已经开始,当时的口号是:"看一看:谁是英雄好汉?谁是稀泥软蛋!"本地土话是"要'盒儿'钱啦","盒儿"指的是棺材,就是到了以命相争的时候啦。正如当年延安人爱讲的:什么叫革命到底?底就是棺材底!枪声庄严发令,口哨吹得惊天,红旗招展,新生事物。呼叫如潮,打打杀杀,全红了眼。

各自唱歌,然后是"啦啦"唱歌,这是解放区青年学子开始,推广于全社会的生活高调。就是你这个班组的几个人唱完了,马上喊叫:"第N组,来一个;第N组,来一个;快快快,来一个!"此起彼伏,风起云涌。

施炳炎得知,这是省城市区商业系统义务劳动大军。在这个特别热气腾腾的年代,讲究的是打破分工,调动全民,绝对优势,大兵团作战,实行一个个特殊项目,集中力量,打歼灭战拿下一个山头,再解决一个关键;建国、建省、建市、建区,建山与山、川与川、沟与沟、坎与坎。正在兴建的,不说算千年大计,那么至少也是五百年大业,千年占一半。为了多快好省,为了开发群岭,为了巩固国防,为了思想革命化、气氛火热化、山川沸腾化,为了新面貌,为了大鸣大放大辩论,精神原子弹,威力无穷,要释放出人间重核裂变和轻核聚变时所生发的巨大能量。在军事作战式强度劳动中,是非分明,正气浩荡,万众一心。奇迹劳工,与时间争冠,与计划赛跑,要迈开超越的步伐,举国参加,全民过节,一天等于二十个年。

施炳炎背、挎、扛着结结实实的行李,双手换提着装满日用品的帆布箱,大汗淋漓地走过坑,走过洼,走过上坡,走过下坡,走过巨石压顶的险道,走过一夫当关、万夫莫开的关隘,走过树冠阴凉与更多情况下无可遮挡的烈日,走过树木野草灌木荆棘藤蔓,走过刚刚炸开了炸宽了的山脚山垭山弯,走过从山顶似乎是冲刷而下的乳白色、青灰色、琥珀色山洼洼石块流,走过轰鸣的水流上的晃晃荡荡的便桥、木桥、石桥、铁桥、缆桥,更穿过劳动大军的歌声、戏声、笑声、口号声与呐喊欢呼,有声标语。

劳动大军唱着"社会主义好""阿哥阿妹情谊长""戴花啊要戴大红花啊""谁要是反对它,谁就是我们的敌人",一铲一铲,一下一下,挥汗如雨,土方如山。大家叫着"一二三啊,抬起来呀,走大步呀,齐攒劲哪",上肩一步步迈进。有人冷不防忽然出一声"我若探母不回转……黄沙盖脸尸骨不全……扭转头来叫小番",唱到"小番"二字,一下子升高了两个八度,老生奚啸伯蓦地出来了小生叶盛兰的高腔。叶大师,堪称老前辈,乃是中国的帕瓦罗蒂。你不信,让叶盛兰唱拿波里民歌《我的太阳》与《重归苏连托》,敦请世界三大男高音唱《辕门射戟》里的吕布、《黄鹤楼》里的周瑜,他们绝对能够同时获得声乐创意大奖。

接着"魂随杜鹃。只为前盟未了,苦忆残缘",这当儿响起了近处的"放炮"轰隆声——用炸药炸山梁的爆炸连声,更增添了劳动的战场与战斗气氛。也许在"大跃进"中不知从哪里钻出了杨延辉与铁镜公主的唱腔,显示了中华戏曲,尤其是京剧的深入人心,与日月同辉,与山川同在,与TNT炸药同等壮烈激昂。

河热、石热、土热、歌热、戏热、旗热、风热、哨热。生恰逢时,你算赶上了全部的点儿,吗也没耽误。热火火热,叮叮当当,呛呛咣咣,红旗面面,锣鼓锵锵。大汗淋漓中他还听到了高低错落的呼叫呐喊的嘈杂与激越。炳炎大热起来,只觉热得尽兴淋漓,热得燃烧外加沸腾。他似乎看到了指挥乐队的手与棒,八亿人在奏乐,八亿人在冲锋。于是他告诫自己,要沉住气,再要守气于丹田,要在肚子里炼就仙丹金丹;要慢慢走,稳稳走,一步一脚印地走上通往新生活新局面的大路。

这很好,人不能从小就生活在大城市,冬天生炉火,夏天吃西瓜,外加冰棍,出门坐电车公共汽车,骑自行车,道路都是别人修好的完成时,过马路看红灯绿灯,饿了买烧饼、肉丝汤面或素汤面、大眼窝头,家里有电灯泡,还有自来水。不能以为公园里的土山就是山,市区的小湖小池子加郊区水库就是水源水文水景,还有楼房什么的,越盖越高,后来越来越时兴什么"公寓",叫公寓似乎太陈旧小市民气,长征红军、抗日联军、八路军、新四军、一二三四野战军、志愿军,没有什么人说住过公寓,没有人会喜欢公寓这个词。帐篷也罢,地窝子也罢,露宿也罢,都比公寓显得革命浪漫。毛泽东、胡志明、切·格瓦拉,都不会喜欢住公寓。

热了,汗湿透了,累了,找到个路边的歪歪扭扭的大石头坐下休息休息,只一两分钟,他的腿酸痛起来,身上突然发凉,在这一刻,热风明显地降温,变成偏凉的小风儿了。

他稳住了自己,稳稳稳,还是稳。在大学教书的经验已经教导给他,国人们器重的是一个稳字,他缺少的是一个稳字。热情、激动、话多、一套一套、聪明外露,倒霉自找。在有些部门的领导人眼光里,稳比快与猛与闯重要得多,富贵得多。话要少,情绪要含蓄,表情要镇静与节制,大致喜怒不形于色,出声要低分贝,高兴的时候千万不要急于高兴,不高兴的时候尤其不要急赤白脸地不高兴。

他其实一直是这样努力的。社会很大,任务很重,说法很多,评论各式,看法不一,反应与反映莫衷一是,做与作两个字到今天施炳炎仍然分不清楚,如果他当文字编辑,冲这两个字的分辨他就应该被老板实时解雇。都知道的:激动至少是小资产阶级,跑跑跳跳是幼稚,急急躁躁像是屁股眼儿里插了稻草。沉稳、稍慢、低调、寡言,才是含辛茹苦、饱经磨难,正在开天辟地、盛事盛世盛举、从头创造一切的,我们依靠的无产阶级。你丢失的必将是锁链,你得到的一定是全世界。

二　筑路

　　这一天在他的人生中具有除旧布新、幡然觉醒、天地顿开、霞光万道的初始化意义。过去种种的源代码，譬如昨日死；今后种种，包括 Win XP 加 QQ 拼音与搜狗五笔，譬如今日生。这一天他打开了成人人生人世间大门，为自己的人生新旅程剪了彩，鸣枪开赛，他打掉了阶级社会沉重的锈锁与铁链。这一天他架起了通向工农、真切结实、沉甸甸的人生大桥，开启了新出发点新路线。这一天他踏上实打实、硬邦邦的大地。这一天他回首与告别少年总角直到青年弱冠时代的肝火与云霞、色泽与歌曲、幻梦与雾霭、镜花与水月，那是涂抹了也激扬大发了毁掉了他的天真心境。他总算长大了一点，在咀嚼与重温中，在挽歌与誓词中，他与旧事似乎拉开了一点距离，他可以挥挥手，不带走徐志摩的哪怕是荷马与但丁加普希金的一片云彩，也不带走李商隐与雪莱的残秋落叶。

　　这一天，他一下子撞上了天与地、日与月、山与谷、水与土、工与农、官与民，还有顺与逆、晦气与侥幸、坚忍与豁达、群众与个人拥趸而来，遭遇而来，噼里啪啦、丁零当啷、劈头盖脸，全乎啦，足实啦。哈哈，他撞得鼻青脸肿，撞得他兴高采烈，撞得他心花怒放。时代洗了牌，时代给"而立"当真洗了礼，他将会立住、站稳。咱们要扮演一个时期的历史与社会崭新角色，必须的，接受了新台本与新唱词，背起举起挑起抬起新担子，一、二、一、一、二、一、一、二、三——四！

　　兹后，逝者如斯夫，再逝、再逝、再再逝，不舍算不清了的不知凡多少个昼与夜。转眼间,远在鲐背以前的他的回味,用鲐背以后的他的电脑语言复述一番,也许该说:七十年前,弱冠之年,他出现了驱动与功能键间的悖逆顶牛,外带电子冲撞短路,引发死机,最后是断电、停机、停智能、停思念。他遭遇了一种浪漫邪恶病毒,一种在学术领域少年得志型电压失衡不稳定,他陷入了奇幻式自恋、自卑、自责、自满、自怜、自叹、自扼自颈。那是一种死了棋不知道底下怎样出招的窘境,那也是屏面上出现了"网络连接异常"字样,你莫知所措,你感到只剩下了一条关机断电源的狠路数。

最后,其实是十分爱护他的领导按下格式化巨键,然后电压增升到七百八十伏特:叮当五四,全国上下,踢愣咣当,鸡飞狗跳,鬼哭狼嚎,魑魅魍魉,荧光闪闪,噪声连连,删删删删……归零婴儿,黑屏白板,回到刚刚组装状态:他得到的是一穷二白三根本,欢笑欢呼,何等的痛定思痛,快哉更快;重新发电、重新启动、立即升级、十指痛击、定义命名、调出初始、另起炉灶、保存保护、涂红加重、剪切变形、升级下载。怎样的大手笔、大点击、大雷电、大戏码!三生有幸,五生难逢,天旋地转,咣当、咣当、咣咣咣咣、咣咣当!

走过交通运输,公路工地,回想一番,也够意思:这一天,他凌晨三点半起了床,听到了省城西郊火车站机车汽笛声。夜深人静,汽笛长鸣,浑厚实着,摇撼六合,三阴三阳,三爻本变,从沉郁到高昂,从长吁到大喊,从暗夜到黎明,从二十到二万赫兹,从四面到八方,三百六十度、七百二十度、一千四百四十度,城市与乡村各个角落、各个点线面体,全部完整共鸣回响,施炳炎激动于风雨如晦,机(车)鸣不已,声情并茂,五味俱全,唧唧鸡鸡复机机,男儿当户黎明起。他永远难忘驻地城市的人听到火车汽笛的感受,响亮,遥远,辛劳,离别,聚首,召唤,大任,飞速,人生并不是总要糗在一起,人生要早早赶路,不辞辛苦,各人走各人的路。

然后是与妻子告别,拥抱,微笑与微苦微醺,然后他唱了两句马可作曲版歌剧《刘胡兰》里的词:"放心吧,别挂牵,真金不怕火来炼……"妻子送他上公共汽车,他一跃而去。他早已达标苏联劳动卫国制体育项目标准,百米十五秒,跳高一米二五。

在那个弱冠与而立之间的年纪,他最钟爱最崇拜最心仪的物件是火车。火车就是历史,火车就是社会发展,火车就是马克思主义的三个来源与三个组成部分,火车的钢轮轧过钢轨时敲响的声音,慷慨激越,像是在朗读《资本论》,像是在高歌《共产党宣言》。马克思引用但丁的《神曲》,说是"在真理的门前,正如在地狱门前,来不得半点恐惧,来不得半点犹豫",万岁!他相信火车是普罗列塔里亚的人生、价值、世界三观。那时他还没有近距离接触过飞机或者航船,也没有体贴过振奋过坦克和榴弹炮车。长哉壮哉,雄哉伟哉,钢哉铿锵哉,七十来年前的蒸汽火车头,元气百分之一千,声响达九天内外;一个车厢接着一个车厢,铁轨、枕木、站台、电线杆、铁路工人与火车客人,人流与行李,客车、餐车、邮车与行李车,地名与站名,烧鸡与大饼……火车就是国土,火车就是田地,火车就是一往无前,火车就是一车车工、农、解放军、人民大众,所向披靡。火车就是生活、就是速度,就是共产党员的宣誓、共青团员的号角、少先队员的红领巾,举手翻掌队礼。前进、敲击、山河、大风、政治口号、商品广告、飞速掠过城乡与远远近近地注视它的飞跑的、明亮的眼睛与惊叹,有时又是茫然的面孔。火车就是时代,就是英雄,就是人物,秒分刻都是世面,拥挤而有序,热烈而欢笑,抖擞而自得。列车员给旅客一碗一碗地添加茶水,一筐筐地零售零食汽水饼干茶蛋蒜肠,还有糖三角与鲜干菜大馅包子、大油饼与果子面包。

更伟大的是,坐车的人当中有演员,有演奏员,有人唱歌,有人说一韵到底的快板,有人说随时转韵的数来宝,有人讲国际形势,全世界人民团结起来,打败全世界的不少坏蛋。有人吹笛子,有人吹唢呐,有人指挥三句半,老百姓管指挥叫打拍子。火车也是党校团校干部学校,新社会正是人民的小学中学大学堂,是加油声音沸腾的啦啦队,是讨论会生活会挑战会激励会群英会,是换了新天,换了人间,拔了白旗,红旗飘飘,爆破炸毁了敌人的全部明堡暗堡,跨越了全部地雷难关鬼门关。困惑的、没着没落儿的、没戏没锣的旧中国已经变成锣鼓喧天的总动员,变成了劝业场、百乐门、体育竞赛场地、全民动员风云大会场、与敌人拼刺刀的决战战场生死场啦!

而且这一切是在火车连续钻山洞的过程中间进行的。这是一段山岭连绵的地区,在这里修铁路当非易事,人们说这条铁路是大清朝中国人自己修建的头一条铁路,是中国"铁路之父"、近代"工程之父"詹天佑主导的,他采用的竖井开凿法和人字形线路,震惊中外。可惜只有一小时十五分钟,火车到地儿,你不可能过足过够瘾。仍然是本市,不过是郊区,我的城市,我的郊区,多么辽阔广大!苏联作曲家杜纳耶夫斯基作曲,苏联的阅兵式上都演奏演唱过这首歌曲:"我们祖国,多么辽阔广大,它有无数田野和森林!"莫斯科对华广播电台的信号,是敲响钢管琴,播出歌曲首句的旋律即"我们祖国,多么辽阔广大",以后是大合唱,是一个普通工人作词的雄浑歌曲合唱《莫斯科—北京》。

一九八四年王蒙首次访苏,住在面对红场的俄罗斯饭店。《莫斯科—北京》歌曲的词作者——工人维尔什宁同志,前来与王蒙会面。他属于矮壮型、劳动型,见了王蒙,他很激动,就像他完全不知道中苏的交恶发生一样。

一九五八年盛夏这一天,坐上郊区蒸汽火车以后,施炳炎开始体会与实现:人生、世界、事业、征途,一切的一切,从此多么辽阔广大噢!然后他下了火车,他进入了山区的辽阔与火热,同时不无孤单。辽阔使个人认识到自身的渺小与孤独,紧凑使个人融化与热烈地认同于集体,松散自在带来的是空虚,是没人跟你玩了的杨四郎的南来雁,叫做"失群孤单"。自由的代价是孤独,孤独的自由邻近于寂寞中的裂变。他明了了自己的人生方向:底下的三年五年、十年八年、二十年三十年,他要和凌晨赶火车的众人,和铁路员工,和车站举信号旗与吹哨子的调车工,和拿着榔头槌子的检车工们,和乘车赶路急着上，更急着下，去报到，去取胜，去改天换地的工农兵学干部乘客们，和在山里大干修路改面貌的城市职工客串的养路工们，和不分日夜、飞速前进、十九世纪初英国人史蒂文森等发明的火车们，打成一片，化为一体，哞哞哞，哐嘁哐嘁……

开启了！亲爱的。万岁！一九五八！

三 背篓

施炳炎对王蒙说:这是二十五岁时他的一个奇迹,一个冷不丁儿碰上的新纪录,是冷锅不但冒了热气,而且冒了火苗火焰,火星火光火热,干脆可以说是放了礼花焰火二踢脚,点燃了古老衰颓的中国,此中包括了开始有点困惑的他自身。事业的成功与平静提出了一系列新挑战,他做不出应有的回应。这时需要表现的是一种强力,是一种法国大革命式的壮烈,是把金刚力士请上历史的舞台,是压倒反对者。此后俄国大革命的强硬热烈,革命家非同一般的火炬,突破,也装点了天幕,鲜艳千里,燃烧熊熊。就是说,他施炳炎的心意是,比起被推上断头台的皇帝路易十六,他宁愿选择雅各宾派的罗伯斯庇尔。他的墓志铭写的是:"过往人们啊,请不要为我的故去而悲伤,如果我是活着的,你们谁也不用想活命!"

他应该把进山的这一天当成他的又一个生日、起点。他背扛行李二十五公斤,被子、褥子、毯子、枕头、枕巾、床单;他提着自重十三公斤的箱子,内装四季服装、换洗内衣裤、鞋帽、书籍、笔记本、钢笔墨水、剃须刀,还有洗漱用品、蛤蜊润肤油、香皂肥皂与助消化的大山楂丸及治感冒药物阿司匹林、菲那西丁、咖啡因合剂 APC,还有新置的砖坯花纹铝壳手电筒与垫肩、手套等劳保用品;再加干粮与装了饮用水的玻璃瓶与其他,共四十多公斤的物品。就是说,他九十岁时回想六十五年前扛带着八十多市斤的东西走了四十三公里山路,越过八道山九道水,还有由于雨季冲刷与施工临时挖掘堆积造成的二十多个障碍，他还走过了越过了蹚过了十一处原生危险崎岖磕磕绊绊的地界儿。从火车到站的上午九点二十分，到天黑沉沉了的夜十一时半，他走了十三个小时又十分钟。

　　他到达了他的北青山区镇罗营乡大核桃树峪村。二十多年来，此生的前言引子部分，也就是一九三〇年到一九五八年为止，他一直认为与被认为，自己是娇嫩的、瘦弱的、敏感的、多情的、过于聪明的，所以是软弱的、脆弱的；他欠缺强壮、勇敢、吃苦、耐劳、咬牙坚持，以及应有的健康与膂力、钝感与坚忍，尤其是欠缺一种革命家的勇与狠。他明明是城市小鸡屎分子。他今天忽然发现了自己的坚强，自己的潜力，自己的累不死也折不断的身子脖子关节四肢。他并不会轻易叫苦，走了一趟，他更加确信，低端人众所说的粗俗话语就是对啊："只有人享不了的福，没有人受不了的罪！"嗯嗯，真受不了的是您吹灯拔蜡踹腿儿了的胆怯，您并非如此，您原来有自己的坚强。您不会嘀嘀咕咕地诉苦吐酸枣汁水。

　　施炳炎这回发现了摸到了他长期隐蔽着的自个儿的江湖好汉潜质，一个受字，如石如钢，如咒如诀，打开了新的可能，悄悄显示出隐蔽的力量。他凭这力量，一个男子，会在最后一秒的时候，用最后一克力气，反败为胜，咸鱼翻身。原来，到了时候他才懂得了他是如何具有厚积薄发、长积始发、不压不知其强、不推搡不知其力、不试炼不知其忍、不抛掷出去不知其勇的叫做坚强皮实咬牙的另一面。从今天开始，他开始是另一位施炳炎青年同志，傻小子施、咬牙施、叫做能够吃大苦耐大劳的施，能够当拼命三郎和梁山上第一百零九将的施虱屎狮师噬。道在屎溺中，南华真人庄周与禅宗大师达摩与二祖慧能都这么说。而二十世纪一九五八，兴奋乐观砸不烂推不倒碾不碎的大壮施炳炳、炳炎炎、炎施施，是血性满怀的狮还是筋骨如铁的施，哈哈，还是经打经摔的施。不受点苦哪里知道自己的耐苦性？不受疲累哪里知道自己的耐累指数？不拉肚子哪里去知道自己的耐泄耐痛耐发炎耐寒热干湿……种种天赋免疫抗逆本能？

老了以后他还喜欢一个词儿：预应力！例如一个木桶，在还没装水之前采用铁箍或竹箍加压套紧，木桶就产生了预应力，装水后必然会产生向桶底与桶壁的对外压力。他毕竟经历了日伪、经历了国民党、经历了解放，选择了革命再革命，选择了华岗的《社会发展史纲》，选择了杜民刘芝明等的《社会科学基础教程》，选择了毛泽东的《新民主主义论》与《论联合政府》，他甚至在总角时期读了《联共（布）党史简明教程》第四章《孟什维克和布尔什维克在斯托雷平反动时期。布尔什维克正式成为独立的马克思主义政党》，而此章的第二节据说是斯大林亲自撰写的《辩证唯物主义与历史唯物主义》。一段落又一段落，起头全部是："Отсюда видно"——"由此可见"，许多"由此可见"。此四字被称作斯大林的"铁的逻辑"。

是的，社会主义，头一条就是劳动，马克思主义就是劳动真经。要爱脑力劳动与体力劳动，尤其是体力劳动。大心理学家巴甫洛夫说过的。由此可见，没有从事过体力劳动的人，至少是一个残缺的人、遗憾的人、不完整的人、孱弱的人，是寄生、无能，至少是走向懒散的人，是没有完成从猿（鱼、海豚……）到人的进化的亚次准人前期人。

说得好，能去做就更好。他正在做！正如斯大林的口头语"由此可见"，他遭遇的正是众人一生少有的机遇待遇感遇。那个年代人们不兴说机遇，说起机遇甚至有点机会主义的味道。但是鲐背之后的施炳炎，他为五十年代末获得的空前稀有机遇而击掌拍案大笑，如醉如痴。一个是机遇，一个是政策，非常重要，更重要的呢？他相信是决心与信念。

每个人都必须明白自己的机遇无双、精彩、虎虎生威、赫赫生风、点石成金、化弱为强，阴暗可能化为阳光普照，窘迫可能准备着丰盛美满腴足的拥有。

而在大核桃树峪，他劳动了三天就感悟到了十根手指头加热、加粗、加力、加硬度、加生长、时机就是现时。武侠小说里的侠客学艺的

15

时候也要苦练指功,一根手指要能将铁片捅一个窟窿。拇、食、中三根手指,足以捏死一个对手。义和团的大师兄,多数练习过用两手的各自拇指与食指,共四根手支撑的俯卧撑。二十五岁了,二十六岁了,二十七八岁了,还在生长手指脚趾脚脖子脚底脚后跟与脚面。劳动了一周他就发现了手掌上长出了坚硬的茧子,他将同样能用手指捏死虱子与阶级敌人。更神奇的是,一从事体力劳动,特别是户外农田劳动,磕了碰了刺了口子流了血了,在省城觉得是一大事故一大疼痛的,怎么一到这儿就不是事儿了呢?手上沾着土沾着灰,沾着动植物的纤毛,又流了血,在省城要大呼小叫闹起来的,到了山村,劳动中六七分钟也就止血了,五十分钟就开始结疤了。体力劳动者的自愈能力是脑力劳动者的十五倍,免疫能力是二十一倍,止痛减痛能力是一百倍。第二天早晨已经忘记了。这叫什么呢?这叫皮实啊,这叫好得快啊,这叫金钟罩、铁布衫,经得住摔打伤病刀枪剑戟啊。还不仅仅是外伤呢,太阳晒得油汗包身,喝上一大碗凉水,比喝北冰洋柠檬汽水还要舒服。人啊人,再也不敢惯着自个儿喽。

哈哈哈,他正在实现劳动化,我们的口号是知识分子劳动化与劳动人民知识化。更能实行的口号则是知识分子与劳动人民结合的无间大道。

他在换一个活法,他在换一个身躯,他在换一副手脚,同时仍然保留着他火热的心灵,海阔的思绪,敏捷的注意,明朗的期待,还有理想、自信,他信、坚信,哪怕轻信,宁可轻信,不能什么都不信。信信信,依然诚信,不但相信现实,也相信诗与小说的心意与美丽,相信苏联与陕北革命民歌。他相信跌倒了,一定爬起来;误解了,一定正得过来;饿大发了,终会饱餐朵颐、鼓腮帮子;一团乱麻,照样能理好编织好一等缆绳一等织品。

大核桃树峪奇了。进村抬头,四面环山,三面梯田,本村一条沟,小河长流,河边是道路,两岸高坡上盖起民居,依地势攀升。后来几十年,不管他离大核桃树峪村多远,他愈益认定这个山村是一个奇美的雕塑,是大雕塑,也是微雕。

山区,山路,毫无平地,不独山羊与野鹿,还有野兔山狸山鸡山獾,加上一般家养的马牛犬猪,都善于爬山。上了山都是得心应脚,如履平地。人们还说,此地虽然没有多少原生的猴子,但经常有猴子孤身或结伴经过,尤其是入夜后,猴儿来此村如来亲友家,从来不把自己当外人。它们熟练地爬高就洼,攀援随势,蹬崖跃涧,轻脚熟道,出出没没,捡捡拾拾,翻翻找找,顺手牵羊,大享方便,活力闹山川。

来此后,施炳炎的腰、股、膝,从大腿根儿到腿肚子到脚后跟到脚指头,都在发生戏剧性变化。莫非他的祖先给他遗留下了猿猴的基因?他的远远说不上发育良好的下肢,为什么走在山路上,踩到硬石滚石湿滑草皮泥泞险径与各种坡度上竟然没有任何为难,却只感到趣味与生动、新鲜与舒展,尤其是扎实与可靠呢?为什么?其他的"下放干部"今天这个扭腰,明天那个崴脚,一会儿这个肝颤,一会儿那个两眼发黑喘不上气儿来。而他施炳炎却是这么溜,按二十一世纪十几年的说法,他怎么到了伟大的小山沟,是这样 666 呢?

尤其是肩与背,来到这里他才懂得了背篓子的奇妙。农民们用荆条以手工编成外径椭圆、内径矩形筐口,方底,下小上大的喇叭腰身篓子,用麻绳编两个襻儿,篓身靠襻儿的一面,略略现出些弧度,篓子背起来平稳贴身。篓子虽装重物,由于受力均匀,受力面积增大,使背篓子的人减轻了负重之压迫感。篓子底结实牢固,外圈强化,背负者走上一段路,可以随时找到梯田田埂,背过身来,置放篓子休息。到达目的地后,一只手托着篓子底的一角,另一只手臂从襻子中一抽,托底的手用力倾斜并向上一抬,篓子颠倒朝下,背来的建筑材料,或农田粪土,或农家产品,哗啦一两声倾倒干净,使背篓者陡地出现了解脱感,恰如得道成仙飞天,轻松快感舒适满足。这样的篓子大体装满黄土是一百斤,肥料混合是八九十斤,水泥是一百零七八斤,其他重物就更沉了去啦。

咬咬牙,他都能背动,一步一脚印地在崎岖山径上带货前行,货

17

重脚步重，踩稳人便稳，想滑倒都不容易。

　　作为运输劳动工具，背篓的最大特点是解放出来了两手两臂。挑、担、扛、抱、推车、拉车、装车、卸车……都离不了手与臂的抱举推扶搂托扣攥。而背这种篓子的人，压上百十斤直到近二百斤，一面是沉重的承压与迈步，一面是自由甩荡着的滴里耷落儿的上肢双臂连着手，他痛感到享有的自由轻松自在，甚至他也感到了上肢的空虚飘荡失去着落的羞愧，乃至负罪的优游。一背篓子，腰是主干枢纽，腿是支撑与运动发力器，眼睛观察分析下肢的选择，脊背经受着重压与磨损，眼睛观六路，析八方，决定着落脚行走的安稳准确，这时两条胳臂怎么失业游荡，落空多余。你不免替胳臂不好意思。

　　他屈弓腰背，两腿摆正姿势，运足元气，使够膂力，看清路况，警惕失足踏空扭伤崴歪，稳稳迈起沉重有力的脚步，对于他来说，这是人生的正步，正步礼仪与正步检阅，正步锻炼与正步决绝。他还努力于规范的形成，推敲出一个正规背篓的上肢姿势，"稍息"时是两臂自由摆动，"立正"时两手手指交叉，左手的拇指压在右手拇指之上。他意识到自己是天生的左派，只是由于父母的坚定，才硬是将他的用手习惯掰成从众的右手为主。而当他实行着行为艺术，油然飘然出现了小资产阶级情调并且突然电光闪烁，庄严正觉，出现了我佛如来与观音自在的大悲般若的时候，他就会左右手手指尖对齐，双手呈现呈立体有厚度的甜心形状，表达着诸法空相，诵祷圆满，爱心永在存，沉重踏歌而行。

　　而背篓时的"敬礼"是正步重踏，同时将左手与右手的拇指与食指四指对接，将中指无名指小指攥起，加码致敬时拇指、食指、中指两手六指对接，摆正，做成一个圆圈，无极生太极，太极生阴阳四象八卦，是宇宙，是周易，是气功，是气守丹田、抱元守一、负重如轻、运沙石如运羽毛。诚则敬，接着愈益体会到了这里有一种带有某种郑重、信仰、忠诚、敬畏、崇拜与祈求祝祷的心意的身姿与手势，在沉重的劳动中，施炳炎充满了仪式感与救赎感，他必定一丝不苟地坚持下去。

而二十一世纪又经历了二十年后,改革开放四十余年后,施炳炎回想起来,更体会到一九五八年他学会的在背篓敬礼正步行进时手指的围圈比画,代表的是心,是红桃,是爱,是博爱至诚。天日昭昭,天地境界,自然正气。

另外有一种大花篓,为了装运体积大、占地儿大而本身不算太重的物品,如秸秆、如柴草、如蔬菜之类的东西,编出了个带有菱形空隙的大篓子。施炳炎背起来,一方面是觉得篓子比人大,背花篓子迈两步不免自惭形秽;另一方面也有时是另类惭愧,觉得背那么大篓子是不是有点装腔作势、有点借势压人借势膨胀吓人?

民亦劳止,汔可小康。回首背篓,梦里徜徉!

四　火红年代

施老炎对王小蒙说:"到这岁数,记忆如山积,故事长流水,回忆滚波涛,惭愧又奇异,感慨也风流,背篓即大器。对不起,你们写小说的,写命运,写因果,写无端与有报,写经验教训,写古今过往,学孙猴子与日本漫画家鸟山明,跳起来翻筋斗云,穿越时空,后羿与嫦娥的爱情什么什么的,你们依靠的是时间,是情节变幻,是纵向思维,线性逻辑线条、因果关系,是古人与来者,共怆然而涕下。我们授课的人呢,我们的思维是论题与论点、首要与次要、证明与结论;是空间结构、递进逻辑,是分类、综合,是靠共时的条理吃饭。我刚才的叙述跨越的时间未免太长了,只是我们还得回到那个年代去,你听得不乱吧? 二十世纪五十年代中后期,那两年我出了事儿啦,下乡的时候,倒是还没有定论,似乎是要打成那个吗行子分子啦,你明白了吗?"

王蒙点头大笑:"那还用说? 老鸹落到猪身上,不需要解释毛色和气运喽。"

"现在让我们回到一九五八年的大核桃树峪来,您请!"施炳炎说。

……后来,当然,人们回忆的时候会说那是一个火红的年代,如于洋、中叔皇等明星主演影片的题名。是一个处处点燃小平炉、全民炼钢、积跬千里、鸡毛上天、点石成金、蚂蚁啃骨头、小土炉群漫山遍野的年代。是一个人人发明发现新工具、新农药、新肥料、新招术、新穴位的年代,是一个全民跑步,争取打破田径世界纪录的年代,是一个村村写诗,乡乡都期待出现李白、苏轼与普希金的诗人诗仙诗圣诗神的年代。由于青绿色核桃皮一经挤对折损流汤氧化,立刻变成黑色,下放老师、干部、学生们一到来就嚷嚷起用核桃皮做染料来了。然后一些报纸开始报道,说是这儿正在发明新式的植物染料。

又是一个人人作诗,人人唱歌,人人跳舞,人人写书,人人当运动员,人人讲哲学的年代。哲学通则一通百通,哲学胜则所向无不胜。打乒乓,种萝卜,卖油盐酱醋冬瓜西瓜角瓜倭瓜,都要有哲学。不,请不要嘲笑我们的人民,几千年的历史,伟大的唯一没有中断破灭的文化,从孔夫子到毛泽东,从屈原到杜甫、龚自珍、曹雪芹加鲁迅,从岳飞到左宗棠,从药王菩萨到林巧稚,民族怎么能够自甘落后,人民怎么能够自甘病夫,精英怎么能够只知仰视欧美,百姓怎么能够不拼死拼活?!如果拼了十年没有到达,那么为什么不能再拼十年,再拼一个两个三个四个五个十年二十年三十年四十年呢?

伟大的事业都是从试验受挫起步的。

除了每天的凌晨鏖战、中午硬拼、夜晚苦战以外,除了参与修建从上游小堰涛村新建水库通往这里的一条六公里的大渠、在上游的五龙口要修一个能存水放水管水的水库以外,施炳炎还担任了三个任务:一个是参加山地手推车设计,要发明一种《三国演义》里的"木牛流马"式的推车,能走山路,能登台阶,能上梯田,替代背篓。第二负责全村的扫盲,他写下了保证书,三个月内全村全民全都学会扫盲标准三千常用字。第三是负责全村出诗人,出振奋精神的诗篇,每天三至五篇。

> 我放一群羊,有白也有黄;天天上山去,尾巴大又长。

> 我养一群猪,哼哼又呜呜;长得肥又胖,泔水桶喝秃。

> 半夜要扬场,今年多打粮;站在粮堆上,高过大楼房。

你向我挑战,我比你更强;你挑三百五,我背八百筐。

一锨挖封建,一锨挖美蒋;再挖穷与苦,挖光傻与脏;
还挖不识字,一定要扫盲。

天天吃油香,香油蘸白糖;喜得嗷嗷叫,吃得喷喷香;
蒸锅白馒头,五辈(子)吃不光;有粮心不慌,娶媳妇忙盖房;
一盖七八间,间间都向阳;拥护婚姻法,拉手入洞房;
生活节节高,日子像天堂。

先吃大萝卜,再吃排骨汤;还要吃山药,还要炖三黄(鸡);
还要炸黏糕,还要抹蜜尝;生活年年好,吃喝不用忙;
生活大翻身,生活当当当;生活上云霄,生活比梦强;
人人都致富,家家存银行;生产大发展,威武又吉祥!

……已经记不过来了,这是农民诗,这是人民心声,这是红色歌谣,这是噌噌噌、嘣嘣嘣,这是巨轮旋转——轰隆隆,加大油门儿,咚咚咚,乒乒乒。农民一句,施炳炎一句,有时候两句,有时候三四五句,欲罢不能,欲停不忍。作起诗来,有农民抓耳挠腮,有农民滔滔不绝,有农民后背出虚汗,有农民上了诗瘾,想作诗想得睡不着觉,唐诗宋词,宁有种乎?李白杜甫,无后人乎?拜伦雪莱,再不得乎?江山代代,少诗篇乎?试看当今,能不遍地风流乎?

主席有话,龚自珍诗云:"九州生气恃风雷,万马齐喑究可哀。我劝天公重抖擞,不拘一格降人才。"主席痛恨的是万马齐喑,冷冷清清;主席要的是百家争鸣,万马奔腾,新生事物,大喊大叫,愚公移山,共工冲天!

施炳炎也来了劲,何德何能,盛世难逢,八方浩荡,四海翻腾,俯拾即是,诗如彩虹!抓彩翻篇,抽签击磬,诗如潮涌,张嘴就行。

原来诗压根儿是含在口腔腮帮子里,不张嘴,诗也在脖子里嗓子眼儿里转悠开锅:唧唧复唧唧,念念再叨叨,诗雨打屋顶,百样风铃敲。诗神就算睡下了,还在嘟嘟哝哝,醒过来,不减热情。诗情如魔,诗魔由衷,有诗有情,有风有灵,有雨有苗,有绿有红,办起食堂,咸菜归公,苦战三年,大放卫星,十里奔饭,细粮与炸糕,香飘整个山与城……咱们可真赶上出奇制胜,整日闹花灯、闹元宵、闹红绸、闹李白,焰火通明!

施炳炎又热衷起教唱歌来,所有的旧歌都改成了时代新词,旧瓶新酒瓶也强,一瓶一瓶满满装,词生新意意词新,山山水水皆文章!富强振作第一流,铁打的江山不用愁!

一个民族与地域风味特殊的歌儿流行起来了,歌名《亚克西》:

"伊犁河水翻波浪啊,满田的麦穗黄又黄。什么亚克西?新疆大娘的甜瓜,亚克西!新疆姑娘的苹果,亚克西!新疆的棉花亚克西!人民的军队亚克西,我们的生活亚克西!"

小施不费吹灰之力,改成:

"山区的人民冲云天唉,生活一天一个样换。什么亚克西?拉起锄头亚克西,什么亚克西?背起花篓亚克西,拿起镰刀亚克西,挑水上山亚克西,胜利大渠亚克西,水浇梯田亚克西,食堂炸糕亚克西,食堂的馒头亚克西,苦战对诗亚克西!"最后一句是:"神马神马吗吗吗,你全都亚克西!"

五天以后,开始把一首风味更爽丽的江苏民歌歌词改写,歌名《杨柳叶子青又青》。原词:

> 河啊东的哥哥去到啊远方,呵呵呵呵,
> 河啊西的妹妹来送郎呀,杨柳叶子青啊谑,
> 七搭孜尕撒拉拉崩啊谑,杨柳叶子松啊谑,
> 松又松哪崩又崩哪。
> ……吗行子谑呀谑。
> 七搭七哪撒拉拉崩啊谑,杨柳叶子松啊谑。

23

松又松哪,崩又崩,木耳肉片叶子青啊谑。

他教大核桃树峪农民唱的时候,改词为:

山野的人民全奋起啊,嗨!嗨!嗨!
嗨嗨嗨嗨谑!
改天换地焕新颜,红旗飘飘呼啦啦地谑,
男女老少齐动员!一,二,三,四,加油谑!
哎哟哼哟,哎哟哼哟,哎哟哼哟,干!干!干谑!
加油,加油,不能加醋哟,他舅,他叔,他妹夫谑,
一天等于二十年!七千三百五十天哟!你算算谑!(呼口号)不行你就算!要不你算算!要不你算算!
算啊谑!

什么是谑呢?他不知道。是噱头的噱?是《王宝钏》里的"薛大哥修写书文"的薛?还是语气词如唷、哟、哕、哝?

好的,陶渊明大知识分子也是"好读书不求甚解",小山村的贫农,做到了唱豪歌不求甚解有理,谁能说不?人们没有谁知道什么亚克西亚克东的,也没有人知道孜嘎孜嘎撒啦啦崩崩崩崩崩的,因为不知道才有新鲜感,才有诱惑力吸引力的喽。你为什么娶媳妇,你不知道媳妇的色香味虚实软硬吗?娶媳妇是怎么个滋味儿、怎么个舒坦吗?你要是什么都知道了,你还有娶媳妇的傻劲吗?活什么劲呢?你不知道明天什么样吗?你什么都知道,知道日脚下平地的后天、大后天、大大大后天,永远是二加二等于四三加五等于八,你还有什么可闹腾可张罗可惦记可抽风的了呢?不闹腾不张罗不惦记不抽风,你生活一遭,你辛苦一趟,绞尽脑汁肝汁胆汁活五六十、七八十、八九十年,又是图他个什么相应呢?

五　困难

听着施大哥的滔滔不绝，王蒙说："太难得了，您这一辈子，不管吗情况、吗年纪，您总是一个劲的津津有味！您是神啊，您的人生观事业观就是津津有味啊！新当选的书法家协会主席是我的朋友，我一定请她给您老人家写一幅狂草：'津津有味'，还题上我作的献给您老哥的《七绝》。聊表寸心！"

"坎坷荣幸俱津津，攀树编诗爱煞人，六十一年风伴雨，一条好汉信如神！"

炳炎大笑，他说："小王，你知道吕正操将军活了一百零五岁。过百岁寿辰时，朋友们找书协领导书法大家一百个人，写了一百个寿字道贺，还向老将军吹嘘此《百寿图》价值连城。老将军说：'哎呀，这么值钱，干脆直接送钱好不好？'"

炳炎叹道："从前，反动派嘲笑我们这个党是个穷党，现在不一样了呢。"

他继续回忆一九五八。说那是一个他个人难免不安的时候，是一个全民燃起熊熊火焰噼里啪啦的时候，是一个到处加班、深耕、炼钢、修路、挖渠、发明、创造、大鸣、大放、大辩论的时候，是一个生生不已的大好时光。是一个激情喷涌如海啸，干劲十足龙卷风。有激情才有革命，有激情才有爱情，有激情才有历史的飓风，有激情才有一个又一个的大胜，有激情才有新篇、梦想、新命，有激情才有想象、有歌谣、有浪漫、有咬牙切齿、有"皆道春风为我来"的自信，还有唐代罗隐的名句"也知有意吹嘘切,争奈人间善恶分。但是秕糠微细物,等闲抬举到青云"。

你知道这句话的出处吗?列宁说过的,"没有人情味儿就不可能有对革命的追求"。

有一日千里,有换了人间,有面貌大变,有足足实实,以及生命所激动所颤抖所撞击的一切的一切。

然后有了暂时的严重困难。

我们有时候会碰壁,有时候会硬是碰壁碰得头破血流。引水灌溉梯田的设计与施工没有成功。本村的一个绰号叫猴儿哥的民工,在施工中玩高危土方掏空作业,引起边坡土壁骤然塌陷,砸死了自己,全村为之变色。其实,包括新手施炳炎都是这样干活的,一面土壁,需要拆除,当然是用洋镐从贴近墙基的低处刨、刨、刨,刨到一定程度,支撑的土墙墙基空了,略施小力一推一振,上半截墙体该垮的自然垮,该塌的当然塌,事半功倍,皆大欢喜。有谁会去从顶上一锹一锹地挖掘呢?

所有的窍门都充满着危险,所有的大干巧干都不能大意。

食堂发生了吃食的危机。

然后有了说法,有了对说法的说法。有了纠正,有了对纠正的纠正。

数十年后,一位单口相声演员说,如果你误食了苦药,你又未能及时吐出来,那就赶紧咽下去,不必咀嚼,不必咂滋味,更不必期期艾艾、磨磨叽叽、嘀嘀咕咕、淅淅沥沥、上吐下泻、当众蹿稀。

他说的是一个方面。另一方面,失败是成功之母。斗争,失败。再斗争,再失败,再斗争,直至胜利!这是人民的逻辑。(毛泽东语)

注意,斗争之后是失败再失败,最后才胜利,而不是一胜二胜三连胜,积累小胜成完胜。这里讲的是数序,不是数量,是数序的进程逻辑,不是数量的比例逻辑。单纯从量上说,失败多了也许会损害伤害胜利,但是如果善于斗争,关键在于改进,在于一次更比一次强,关键在于让进程成为真正的前进过程、进步过程,每失败一次就距离大功告成靠近一次。关键在于取得最后的胜利,临门一脚,转败为胜。刘邦是经历了斗争、失败、再斗争、再失败,直到胜利的过程的。二战中的风暴来临,中国人民大革命经过了同样的过程而取胜的。而二战中的同盟国战胜轴心国,尤其是苏联红军战胜希特勒,也同样经历了从前期的失败走向胜利的艰苦快意、天翻地覆的转化。

这是另一种数学,科学家最懂这个。比如临时处理外伤的红汞药水俗名二百二十,说是试验了二百二十次才取得最好的成果,也就是说,前二百一十九次都是失败,而最后仍然是成功。

比如,尤其是比如居里夫人,美丽端庄的玛丽·居里,她经历了多少艰难困苦失败。后来她获得了一次诺贝尔物理学奖,八年后又获得了诺贝尔化学奖。

谁笑到最后,谁笑得最好。俄罗斯、德意志,好多民族的谚语。

本年初冬,施炳炎单位大学的有关负责人老杜同志来到大核桃树峪,向本校下放劳动诸人宣布,经相应手续与上级批准,确定了有关施炳炎本人的思想问题的说法,其标记很不妙。

本说是不必传达给本村农民,但是几分钟后,传遍全村。

施某人带动的吟诗与创新歌词的运转就此罢休,无疾或有疾而终。他的拼死拼活的热爱劳动则受到一定程度的肯定,公社与生产大队领导善意地表达了对于施某今后的希望。甚至鼓励道:"二十年后,又是一条好汉!"

老杜私下对施某说:"你还是有前途的,但是必须换一个灵魂!"说的态度非常诚恳,他说话的时候嘴角沁出了许多唾液,使施炳炎想起一条条成语:"苦口婆心""语重心长""苦心孤诣""良药苦口利于病,忠言逆耳利于行""吃得苦中苦,方为人上人",还有谚语"不听老人言,吃亏在眼前"。

老杜临回省城时,给施炳炎留下了一把鲜枣。炳炎感动了。老杜说了一句:"来日方长。"没有底下的,炳炎心领神会。中国话语太有意思啦,就这四个字,够您喝一壶的,底下的呢?该你答题了。

他想其实也可以说是"语长心重""苦药良品""想成人上人,乃经苦中苦",他陷入颠倒排列的语义学游戏中。再说,苦口婆心云云,在现时代更应该说是"苦口公心""利口苦心"。伟大的时代,需要的不是婆婆妈妈的"婆娘心",而是大公无私、毫无私心杂念的一片公益公道心、公正光明公开透明之心。

施点了点头。比起报纸上的批判词语,他接受的帮助只能说是充满温情与光明。他完全相信,终将另是一条好汉,也许不用二十年,也许仍然是施炳炎。话说得要严重些,从来是思想批判从严,组织处理从宽;现在从严,过去从宽;隐瞒从严,坦白就不一定强调严不严。是的,现在的说法标记很不好受,不详,不实,不好掂量,不知其理其果其预后。但是,他很明白,活人比说法重要,实况比标记重要,还有新生活中一个大家喜用的动名词:考验!一说是考验,咋着都好办;一说是帮助,咋着都有路,这正是段位命名的规矩。说法过唆,是考验;事实不准确,是考验;有则改之,无则加勉。考验就是过程,考验就是教化,考验就是都对,也都好说,也都不易。天将降大任于斯人也,苦其心志,劳其筋骨,饿其体肤,行拂乱其所为,动心忍性,曾益其所不能。人恒过,然后能改……太棒啦,您来啦,有考验自四方来,不亦乐乎?蔷薇蔷薇处处开,考验考验处处在,青春如果无考验,蔷薇再多它花不开!

好的,他要锤炼一个水晶的钢铁的恭敬与谦卑,他要铸造一个热情的如火的响当当亮堂堂的灵魂。施炳炎想着阿Q,后来还想起孔乙己,一笑。俱往矣!然后他想的是秋瑾、瞿秋白、方志敏、保尔·柯察金、刘胡兰、不死的王孝和、向秀丽,还有岳飞的《满江红》与文天祥的《正气歌》。"怒发冲冠,凭栏处,潇潇雨歇",然后是"天地有正气,杂然赋流形"。

同时,他主要还是警告自己,要向鲁迅学习"旧帽遮颜过闹市,破船载酒泛中流",而且"一个也不原谅",到最后的心跳与呼吸。其实他想的是,能原谅的,都可以,都不妨,原谅也就原谅了也!

当事情还没有发生的时候,你总抱着强烈的希望。最后,某些事情并没有发生,没发生也是为教训与警示闪了黄牌。当你想象一种坏事的时候,你会觉得此种坏事恐怕很难受很硌硬很不喜欢它的发生。而世界在生发,在沸腾,在载歌载舞,在放卫星,在周转变迁,在珍重也在抛弃。东风压倒西风,既是风雨也是晴。而后来当想象变成了事实,并且一切根本不可能逆转,你明白了:好的,先这样吧,已经发生了就是已经发生了,塌方了就是塌方了。行,行行,对,对对;来日方长,自有道理,天高地阔,风和日丽,大浪淘沙,大江流日夜,天道无亲,常与善人,失道寡助,得道多助,人非圣贤,孰能无过? 谁能自吹? 过而能改,善莫大焉;能耐天磨真好汉,不遭人妒是庸才。最后两句是左宗棠的对子,够你再喝一壶了。难受仍然可受,受受难受,有的受、会的受,越受越会,越能承受。永无止歇的历史与生活啊,卿云烂兮,糺缦缦兮,日月光华,旦复旦兮,施炳炎兮,小坏蛋兮,行不改名兮,坐不改姓兮,有错必改兮,有难必受兮,有苦必吞兮咽兮,有屁决不乱放兮。俺赶上了大点儿喽。

他带领的扫盲行动或者算是稍有成绩。起码,方向是对的。十年"文革"以后,大核桃树峪所在的镇雷营,与全国四万一千多个乡镇街道一起,确实实现了脱盲。这个功劳簿里头,或有施炳炎的微薄之力,一笔在案。

六　高峰大树

巨大沉稳,丰满铺张,乡镇雷响。
大核桃树,高山站岗,血脉贲张。
鹁鹁与你为伴,山民护你生长,
爱抚山里人,松鼠野兔微笑慈祥。
日月,风霜,碧绿,宏伟,芳香,
丰收,雄壮,淡定,宽敞,张扬,
喜乐,乘凉,攀援,尊享,眺望。
敲敲打打,乒零乓啷,叽里咕噜,
翻滚于地,叮叮砰砰,脆生响亮,
核桃胡桃,补脑强心,感恩赞赏,
润泽生命的油脂,蓬勃自由想象,
造型潇洒随意,树冠遮天,枝叶互诉衷肠,
果实奇葩,棱棱壳壳,刀劈斧刻,奇形怪状,
大大的树木,小小的村庄。
山穷水尽?当头一棒?
仍然是柳暗花明,道路宽广,
我们走在大路上!斗志昂扬,
两个喜鹊喳喳,九只麻雀飞翔,
在这里扑扑腾腾,边飞边唱。
白云山顶上飘荡,白云在飘扬。

移步换景,变幻山形、云形、视角、回响。
奇妙的气味与声音,来自远方,
来自花草,来自落叶,来自荆蒿,
来自的山顶山道山谷山沟山阴山阳。
安慰了你,洗涤了你,终于让你的船帆怒张!

炳炎爬到了这里的最高峰,名大核桃峰,地名因这里的一棵大树而生。而从高峰巨石的制高点俯瞰,就更加几穷千里目,更上一个丘。凭高望远,开阔而又亲切,晴川历历千棵树,荆榛萋萋三道沟。三条河自远而近,交汇山村,说是有时游鱼来到村内小河沟,清水经村而过,流入主干大河。而下望诸峰,排列巧卧如莲花诸瓣,阿弥陀佛,无上菩提。缘山而下,是山坡,是青绿,是如雕刻的梯田,山坡上的牛只与羊群,荒废的高地与山坡上的杂草野兔,是气度悠然的地壳大斜面。往远一点,是阡陌绿野,村落炊烟,是平远的长条方块。更远的地方是略显雾霭的地平线与平匀的、似可触摸的天空,可以想象位于空旷那边的繁华的城市、铁路、车站,应该还有码头与机场。

是谁设计的完美而又无尽的世界呢?又是谁让这个世界总是诸多遗憾,少有踏实呢?二三十岁的大人了,竟然二十多年来第一次感觉到天地、山河、野树、杂草、动物,农村、古代与当代的世界之伟大与不拘一格,不限一隅,无忧无惧。

怆然而涕下,何如且坦然兮放歌?风萧萧兮,山不寒,猛志入云兮,敢问青天!何日清平兮,烟消雾散,挹彼朝阳兮,高山之巅!

也感觉到了幼年描红模子时多次书写的"一去二三里,烟村四五家,亭台六七座,八九十枝花",不完全贴切。也许说山村比说烟村更适宜,也许在到处通公路的年代,一去就是几十几百公里,早就不是一去二三里、原地踏步的时候了。亲切与刻骨的昨天啊,不无陌生而又丝丝入扣着的今天啊,愈益美极动人、气壮山河的明日噢,一定是多么好!其实坏蛋尿包们麻烦晦气的点缀渲染,是不是也能解闷儿,蛮好玩呢?

31

从巨石制高点下来，在一棵硕大无比的大核桃树旁，看到的是，越遥远越宽阔的大地，地面越阔大越显得矮小与顺手、质朴与家常的房屋，大地如沙盘，梯田如盆景，白云如棉絮，地平线如五线谱。在城市，家里有桌子、椅子、门、窗户、书架与收音机。在山村，家家有天上三光日月星、地上五谷万物生，鸡鸣犬吠、马嘶牛吼，庄稼草木、林鸟飞虫、蜜蜂、马蜂、野蜂。原来偌大世界可以装入你细小的北方人的单眼皮眼睛的小眼珠里，可以卷巴卷巴纳入你的一个小兜子里。原来世界是这样奇妙，可以仰视屈膝、膜拜祝愿，可以俯瞰自傲、摇头摆尾，可以投怀送抱、沉醉销魂，可以陶冶消融，为它而大哭，却不一定流泪千行！还可以自嘲自责，咬紧牙关，把握与战胜自己。可以兴奋提神，可以诗兴大发，可以用十几种语言感慨系之。你观察欣赏，你赞叹沉迷，你不好意思，你百折不挠，不摧不软不倦，信心盎然，趣味盎然，来到山上，来到地上，来到村里，你即使还天真幼稚脆弱摇摆，你即使灵魂渺小或有不健康的叽叽咕咕，仍然想欢呼踊跃高歌猛进，寻燕赵，续汉唐，览宋元，赞明清，越民国，气冲霄汉，神游日月星辰。银河外，万道牛奶路；天幕外，九重百重天里天外天。

奇妙的时代，奇妙的生活，奇妙的命运。奇妙的是罕见大核桃的树冠，横向生猛扩张，葳蕤的枝叶随生长渐渐下坠，成为一个大棚大伞大顶大墙，成为一个通风良好并具有疏密合宜的隔离保护性能的树屋树殿树棚树湾。这是一个简朴的天堂，这是一个自然生长而成的宫室，这是一个另外的天地空间，这里似乎蕴藏着他处的人做梦也想象不到的另类故事。例如，施炳炎坚决想象，封建社会中的多情男女，曾经在大雷雨中坐在这棵树下，在这个天赐的树屋子里幽会幸福，陶醉赞美，以命相争，以身相许。而受到了冤枉的忠良，也必定在大树下，慷慨天地，亲和日月，涵养浩然，抱元守一，为苍生祈福，先天下之忧而忧，恋大树之乐而乐。

譬如说，这里还应该有躲风雨雷电的牧童，这里有被追杀的义士，有一条大蟒与一群蜘蛛的大战，还有一个半仙之体在这儿静坐七七四十九天,意守丹田,内丹浑圆,修道飞升,驾鹤腾空,直上云天。

应该在这里修建居室,春夏秋三季,干脆搬到这棵大核桃的树冠殿堂里。可以命名自己为核桃山人、核桃居士、核桃野叟、核桃呆子、核桃君子、核桃狂翁。哪怕自称胡桃夹子,与柴可夫斯基的儿童芭蕾名曲重名撞车,干脆还要演奏糖果仙人舞曲、特列帕克舞曲。更妙的是,老柴的舞曲中还有不怎么中国的《中国舞曲》,是音乐就不怕演奏,是核桃就不惧夹子。

是一次巧遇,不,是伟大的机遇,是一次非同一般的感动和温暖。那天赶上了他与核桃少年侯长友与一拨孩子来到这棵大树下,施炳炎向孩子们学习爬树。他勇于攀援,他敢于与大树亲密接触,拥抱摩擦火烫;他不怕跌撞,他碰青额头、擦伤胸膛;他血迹斑斑,扎破手指与小腿;他摸到手上触到脸上的,是体表布满含毒纤维的多足花虫洋刺子,它们是鳞翅目刺蛾科中国绿刺蛾、黄刺蛾、梨刺蛾的幼虫。它们的火一样的热情烧得人脸颊生疼,好一个痛快过瘾!

在树之顶,炳炎看到了一个远处似乎是猴儿的活物,一闪而过。他叫了一声。什么?孩子们问。猴子,施炳炎答。最近没有猴子了,多数孩子回答。但是有过猴子从这边路过,几个年龄更大也更经过事的孩子补充说。什么样的猴子,少年长友非常注意,他在意上心,追问炳炎。炳炎乃又上树,长友也再次爬树爬高,遍寻猴子不得,与炳炎二人相觑遗憾。炳炎后悔,看到蹿蹿跳跳的活物没有认真追踪。

他相信自己能学会爬树,他愿意从此做合格的山里人,连洋刺子都不怕,还怕别的虫虫蚁蚁吗?

七　古村与少年

　　待下去，越来越知道，小小大核桃树峪，是比省城更老资格一千多年的古村落，春秋战国时已有燕国驻军固守，是历史上兵家必争之地，是著名抗日据点，是革命与救亡的集聚地。
　　八路军北青山挺进队在这个山区要路上抗击了日本侵略军，阻挡住了日军的长驱直入，日本空军来过飞机低空轰炸，陆军也侵入扫荡放火烧杀数次，但是侵略军站不住，住不下，不敢住。侵略军前后曾屠杀村民十五人，全镇罗营，共有革命烈士三十七位在册，竖立了一个小小烈士纪念碑。
　　村落附近有燕国时期的点将台，后来宋代杨家将时期，说是穆桂英在这个台上也阅过兵。村里有弓箭生产遗迹，有寺庙、道观等古代建筑。被日本空军炸毁的药王庙旁边，有古银杏树雌雄各一株，还有一棵古柏，苍苍挺立，矍铄无伦，令人起敬。整个山地核桃林，各种鲜果，以及号称无核或小核的、粗粗大大树皮发黑的枣子树，浓郁丰满，果实如花。还有几处毁于侵略军的高官府邸，不得了。远远看上去，穷乡僻壤，心远地偏，小家小户，憋憋糗糗。稍稍一捯饬，东张西望，想当年，阔你一个筋斗。传说清代村里出过一位大臣，得到过御赐权杖，可以生杀予夺，可以以此杖责打坏人，打死也有理。
　　这个小山沟沟，不仅是洞天福地，奇绝无双，神仙世界，修道成仙，更是革命抗日的钢铁据点堡垒。这一带还有北青山第一支部，远在一九二九年已经建立了共产党基层组织，献身烈士多多，近年开辟有烈士故居、支部会议室、联络点、秘密信号标示地、烈士就义处等红色旅游景点近三十处。

"大跃进"红旗招展,歌声震天,除了粮帅钢帅、交通发电先行官以外,还掀起了一个个文化高潮。除了全村扫盲的总任务,施炳炎具体分工给核桃少年侯长友的爸爸侯东平家扫盲。侯东平是一九四一年入党的共产党员、镇罗营山坳抗日游击队民兵,大长脸,大长腿,长长的胳膊,给人以刀螂的感觉。炳炎与他会聚的时候他四十八岁,比炳炎大二十岁。一条受过伤的左腿走起路来往外撇,一只眼睛的视力近年一直降到零点零九,并患有哮喘疾病。说起打日本来他很轻松。北青山当时有全副武装的八路军挺进队,也有民兵。抗日游击队民兵就是当地百姓,当地的百姓就是村民山民,本村沾亲带故,姑舅族人,都成了抗日英雄同志。附近敌方碉堡,"太君"有多少人,有什么动静,什么时候换防,谁得了时令杂症,谁脖子疼谁拉稀、多什么缺什么,他们都知道。遇到有利时机,游击队员摸进去杀敌放火,缴获物资,他们缴获敌人的武器、食品、罐头、药品,频频得手。打完了,分完了,武器隐藏,人员分散,春种夏耘,秋收冬藏。本来是农民,现在是农民,兹后还是务农。没有任何人能分清谁们抗日,谁们没有抗日,更分不清谁们加入了还是正在申请加入中国共产党、八路军。

至于在这个地区活动的相当正规的北青山挺进队,他们有本乡本土乡亲百姓之便,打得侵略军恼火万分,始终不让敌伪军占上便宜。群山,是革命的依靠,是游击战的资源,是天然的工事,提供了有利攻守的地形。施炳炎来到这里才明白了"山沟出马克思主义"的新道理。从文献原著上抠哧不明晰的论点,下两个月山乡就都一目了然。

日本侵略时期时兴一个词儿叫"慰劳",侵略军占领军居然幻想受到被占领区百姓的慰劳。侯东平说,我们倒是明白了,干掉他一个碉堡,我们可以慰劳一下我们自己。

侯东平在抗日战争胜利后奉命走朝鲜,搭渔业运输船转入东北,加入人民解放军第四野战军,当过副排长。一九四九年平津战役后,南下进军途中,他经过山村家乡,恰逢母亲生病,申请退伍还乡务农,得到批准。此后他的一些打到海南岛、打到朝鲜半岛三八线的伙伴当了大校、少将、中将,当了县长、市长、局长,坐上了嘎斯六九或者莫斯科人、伏尔加汽车,最高有当上省军区政委、坐上吉姆高档车的。东平则仍然是农民,是公社社员,是党支部分管保卫工作的委员,是生产队积肥队长——如果在城市里,则会称为掏粪工人。他没有想法,因为他识字偏少,不够用。省里一位赵姓秘书长还有本地北表山区王区长,与他并肩打过日本,互称"战友"。每年新年后春节前,赵副秘书长与王区长或亲自或委托下属,前来看望,还发放一些赠给老同志的年礼,包括大米白面,包括军用罐头,以及从十五元到八十元的现金,东平都领过。

他有三个儿子,首先是第二个儿子出麻疹没照顾好,早早走了。大儿子名侯长山,是志愿军,是一九二九年东平十九岁那年出世的,比炳炎还长一岁。抗美援朝中,二十四岁的志愿军战士侯长山同志壮烈牺牲。东平父子都是英雄,东平并且是烈属,令人肃然。见到侯东平这样的为中华人民共和国滚刀山蹚火海的父子,炳炎不但五体投地,而且惭愧负疚,更觉得身为知识分子,面对英雄烈属,原罪难赎,无颜无语。

东平现只有一个小儿子,是炳炎心目中攀树如猿的核桃少年,高小毕业生侯长友。他与施炳炎一起爬上过那座生长着头号大核桃的山顶,那里叫核桃峰。他妈妈在一九五七年春,患时令瘟疫去世。东平父子相依为命。

核桃少年猴子一样飞快地在树上爬上爬下,让施炳炎大悦。学而时习之,不亦说乎?缘树而时爬之,不亦乐乎?贫而好礼、笑意盈盈,不亦吉祥乎?见高山大树密林而关心猿猴,不亦仁善乎?

施同志负责他的老革命父亲的脱盲,从《一去二三里》教起,第二课《毛主席万岁》,第三课《没有共产党就没有新中国》,唱歌与识字写字,一起传授。

　　抗日老英雄的小儿子,核桃少年长友,眉清目秀,白净细嫩,笑容满面,好意不断,举止活泼而又文明礼貌。施炳炎一见就吃了一惊,喜悦莫名,他的风度不但与老子明显不同,也与整村的脸上某些不无迟钝与淡漠的儿童少年相异,长友的脸上有微笑,有好奇,有关切,也有对一切人的真诚与善意。他有时端正地佩戴着少年先锋队红领巾,清清爽爽,令人想起一九五八年,团中央召开三届三中全会,将口号从苏联式的"时刻准备着",改为"准备着,为共产主义事业而奋斗"。从建队时起,施炳炎长期担任少年先锋队的校外兼职辅导员,他对这一切门儿清,他热爱这些组织机构与他们的言语说词呼喊。到最近,虽不好说了,但他心思不变。

　　除了微笑与活泼以外,长友与你交流说话时从来不躲避你的目光,他会实实在在地看着你,他也欢迎你看着他,他不藏躲,不闪烁,不张望,也不低头盯视自己的鞋面脚面。而另外许多小村落的儿童少年,尤其是少女,甚至也包括大人成人,他们是绝对不敢看长辈、看上级、看陌生来客眼睛的,叫做不敢仰视,更不敢正视长视;他们时刻准备着的似乎是土遁而去,失联失迹,逃之夭夭,无缘无故。

　　而长辈们、财主老爷、城市来客、高位者们,一般说话时,也毋庸直视百姓或下属,他们更惯于抬着眼皮向天说话,气场高尚恢宏,语言空洞无趣,连与你点头握手行见面礼的时候也懒于瞅你一眼。

　　想当年施炳炎来到陌生的山村,有缘分与核桃少年一起上山爬树,这应该说也是施某命运中的一件乐事,快活如意,是他在大核桃树峪的一个几十年后回想起来仍然深感快慰的念想。核桃未老兮仍是少年,少年含笑兮欣悦无边,获此小友兮炳炎温暖,温暖此心兮有泪潸潸!

　　那个节骨眼儿上,二十八岁的施老师向十五岁的可爱少年学爬树,这是天真,是淘气,是乐观,是游戏,带几分——无赖。这里的"无赖"丝毫没有贬义,如辛弃疾的词"最喜小儿亡(通'无')赖,溪头卧剥莲蓬"。

  这里,无赖是无碍、无忧、无尤、无拘无束,是自由、是不隔,是快乐、是天然,是从心所欲与其乐无涯,常常是玩得高兴,多少有点不大在乎。

八　七个我

　　寿则多感,老则多忆。回想一九五八年后的一两年,他无师自通,在如此这般云云的处境下,他跳到圈外,以看戏观众的方式观察自我、观察他我的非我与大千世界。

　　这是王国维的入乎其内,却又出乎其外的思路,超然淡定,默然静观,恬然一笑,或得高致。

　　那么,一,俗人们昏庸们也许会认为他是个不无晦气的可怜虫,是个犯了什么错误的人,是个耻辱的、难办的、突然矬了一米多、变成了阿Q所说的虫豸的,再也抬不起头、直不起腰的施某人。

　　二,他又是一个从少年时代就体会到了参与了历史的壮行,眼见了日军占领,经历了并十足兴奋了"二战"胜利,见识了美军吉普车横冲直撞,见识过拥有随时枪决嫌犯之权的"剿匪总司令部",包括军、警、宪三方的全权"执法队"汽车,而最后是在大雨中欢迎解放军入城的历史见证人。他是时代潮流中的健儿,是船夫,是游泳人,是弄潮儿,是冲浪选手。他参加了地下党,他小小少年时期便成为新时期新中国的干部,他佩戴过军管会胸章与臂章,他佩带过左轮手枪,他近距离听过周恩来、林彪、彭真、聂荣臻、叶剑英、刘仁与万里的讲话、报告。他在中央团校学习时听过邓颖超、李立三、陈绍禹(王明)、田家英、艾思奇、冯文彬的讲课,另有大帅哥毛岸青翻译的精彩绝伦的苏联玛卡洛娃教授的政治经济学课,后来还在师范大学听过普希金教授的教育学课程,堂堂课都先讲马恩列斯,再讲车(车尔尼雪夫斯基)别(别林斯基)杜(杜勃罗留波夫)。自中央团校毕业时，施炳炎受到过毛泽东主席接见，瞻仰了主席独一无二的风采，间接与毛主席握了手，即和朗诵致敬信后与主席紧紧地握了手的同组学员紧紧握了手。

他看过光临本地的苏联芭蕾大师乌兰诺娃演出的《罗密欧与朱丽叶》，还有一九五二年十一月，他赶上了并有幸与会、欣赏了在北京中南海怀仁堂演出的苏联歌剧《叶甫盖尼·奥涅金》。他过去是，现在是，将来也是亮堂堂、明光光、坦荡荡、火烫烫的有为人才，首先是革命人。

他的一个好友，后来的后来，在炳炎八十八岁米寿时为他写下贺诗，有句曰"人无革命史，此生何足观"，振聋发聩！

革命人永远是年轻，他好比大松树冬夏常青，它不怕风吹雨打，它不怕天寒地冻！

三，倒霉蛋与明亮、坦荡、火热的施炳炎老师之后，他的第三个"自己"，是受到陡然成就的政治运动中耐人寻味的批评的被责难者施氏。重要之点，其实不是个人命运多蹇，不是低俗的什么霉运，而是历史的风云，是探索与实验全新的体制与运作的不无风险；是甄别、是考验、是一大堂罕见的大课大考。有误打误撞，也有尚来不及周全的应对，有急性病也有武装斗争即刻还击的本能，当然更是事出有因，查无实据。有擦枪走火，也有走眼，何况还有小人点眼药，同时必须反求诸己。生活常常处于异见较量之中，事业开天辟地，重塑乾坤，也必然会或有失准失策，非可枪枪十环，常胜者常挫，常健者常恙。终于厘定一切，渐趋百发百中，九十中八十中七十中五十九中也是好的。如拳击比赛，十五拳打出去，一招击倒对手，可能就是金牌。一搞运动，铺天盖地，乱箭齐发，各显其能，发动群众，争先恐后，意在帮助，教育从严，在所难免，这是有它的特别价值与滋味的集团生活的一个有机部分。转折拐点，天上地下，青云直上，紧接倒栽烂葱，如色彩的黑白突变，如乐曲的调性陡转，如交响乐的对比对应变奏，这是易经,这是化学,这是亢龙有悔,这是旦夕不测,如天气的狂风暴雨,如人情的倏忽冷暖,如早穿皮袄午穿纱,抱着火炉吃西瓜,喝药茶,上火,起包,长疖子,痊愈,免疫,更加健康,茁壮成长,一条条好汉。

四,他知道自身的态度必须是谦虚谨慎,闻过则喜,有则改之,无则加勉,甚至是加了吗行子的有罪推定铁冤,那就更要大智若愚,大辩若讷,知白守黑,知荣守辱,夫唯不争,莫能与争,不迁怒,不二过,见不贤而内自省,正大光明,周而不比……这都是孔老二圣教导。谁能无过?谁能免祸?这是俄罗斯戏剧家奥斯特洛夫斯基的一出戏名。地下党时搞学生运动,唱"跌倒算什么,我们骨头硬"。唱"我们的青春像海燕般英勇,飞翔在暴风雨的天空"。也唱喀什噶尔民歌《掀起你的盖头来》与奥斯特洛夫斯的《暴风雨》中的咏叹调:"顿河的哥萨克饮马在河流上,有个少年痴痴地站立在门旁,他在想,怎样,怎样去杀死他的妻子,所以他站在门旁暗自思量。""要等到更深夜静的时光,不要把我们的孩子们从梦中惊醒,也免得惊动了左右的街坊。"

然后是"世事洞明皆学问,人情练达即文章",这是宁国府智力引进时"王(王熙凤)办(办公室)"悬挂的对联。

他施炳炎也渐渐做起来:少年老成、中年成熟,革命者的知识化、学者化、哲学化、学术化,要有一番内功哩。

然后在山村,在核桃少年身边,出现了第五个小老施:活泼喜悦,健康蓬勃,豁然无忧,欣欣向荣,春光明媚,东风和顺,阳光少年,童心无边,爱心无涯,信心钢钢地响。他几乎是置身事外,他希望自己做到客观高尚、理性清醒、爽利自如,风调雨顺、艳阳天!他欢迎各种哪怕是突如其来的新鲜经验、新鲜生活样式、新鲜课题。课题常新兮心智常鲜,学习再学习兮妙悟无边!事业艰难兮上下求索,前景宏大兮前进依然!批评批判,思想新鲜,有利学习,有利康健,身心爽朗,情愫焕然,有利锻炼,精神身躯,四肢五官,谦虚谨慎,光明韧坚,品格耐力,培养老练,预应力、耐受力、鉴别力、涵养性、耐受性、包容性、化解性、品德全面,逆境时分,自信乐观,防身武备,黄金不换。

而后是第六个"老"施,隐隐约约,似有似无,轻轻略略,或有所现。老家伙是证人,是记录,是观察员,是不那么较劲、不幻想自身那么运气的从容不迫、道法自然。是思考者、研究者、掂量者,是思考的一代与成熟的一代。他看着听着一切,稍稍想想,不必太着力,不必太较真,因为有些事发生得未免天真生猛,少年意气,挥斥方遒。方遒就是刚遒嘛,就是不太成熟的遒劲嘛,还可以更稳健沉雄,知止有定,思虑安静,虚室生白,吉祥止止。太生猛了自然就会调整降温,就要增减合度,激情以后冷处理,冷静以后反思,也许在几十年之后,不妨戛然而止。无为而无不为,毋为已甚者,终会耐心地得到,真相真理真知,天道天理天命。

最后,天哪,第七了,施老七是欣赏者审美者与文艺学更是人生观学学人。天有不测风云,人有旦夕祸福,祸与福的靠近,间不容发。突然的变化,崭新,有戏剧性、故事性、紧张悬念,更有教育性、娱乐性、诗书性,家学渊源,精神攀升,尤其是有哲学性、美学性、数学性、观赏性。祸福荣辱,都必然符合概率论、优选与博弈原理、测不准原理与大数原理,大数据之公器。天生公正,均匀无懈可击的概率,只能表现于大数——后来叫大数据之中。所以人必须健康长寿,积累大数。这与赛网球是一样的,打够三局,乃至五局,每局六至七盘,才能分出输赢,如果只打五秒,天知道会是怎样的胜负。所以这也可以叫持久战理论——论持久战。

伟大祖国二十世纪、二十一世纪,首先是变局连连、转折连连、风云激荡、奔突冲撞的世纪。你勇敢地担当了时代的责任,你难免碰壁与风险、坎坷与雷电。幸好中华文化里那么多修齐治平、仁义礼智、恭宽敏惠,你总能学会沉心静气,从容有定,忠恕诚信,排忧解难,乐天知命,坦坦荡荡,仁者无忧,知者无惑,勇者无惧。

向长友小兄弟学会了爬核桃树的这一天,施炳炎回到村里睡觉,梦见自己一会儿是老牛,一会儿是大猪,一会儿是奔马,而后来又成了一只滴溜滴溜转的小松鼠。他不但轻巧地爬上爬下,还跳跃转身升降于树与树之间,并且一股脑儿攀援钻进爬出山崖、藤蔓、滚石、洞穴、荆榛。时时抬起前腿,向世界与人类招呼行礼合十作揖,感恩求福,无人之境,游戏之身,自然之子,其乐无穷,其趣有致。只是醒来时想起父母妻儿,不免有几十秒的心酸。

也罢!

好兆头,好形象,好福气。他成为小松鼠——成了青山密林中蹦跶飞奔的小松鼠了,小松鼠的生活,也就算是幸福的了。

不知逻辑在哪里,嘚瑟了好一会儿的松鼠,他还是爬上大树高枝,与一群猴儿联欢。

梦猴半世纪后,他阅读了庄子的"禽兽可系羁而游,鸟鹊之巢可攀援而窥"的人与自然、人与禽兽相亲相通的美梦描绘,读《庄子》五十八年后,他观看了电影《阿凡达》,眼看好莱坞直奔庄子。那么施炳炎呢?早在六十三年前的猴梦里,就与两千多年前的庄子、与二十一世纪的好莱坞大导演詹姆斯·卡梅隆相通相遇啦,说起山木河流禽兽鸟鹊,施炳炎,他的态度是当仁不让,天人合一,拉着小猴儿的手,跳起二十世纪五十年代大中学生常跳的乌克兰集体舞。江山依旧,人事常非,听评书掉泪,替谁人伤悲?

九　雨季造林

　　人老了会有些许自恋，也或有自厌，跟自个儿相处长达八九十年，三到四万多个日夜，你对自身不再认生，不再烦恼，也不再硌硬，照照镜子，只好承认，玻璃反映出来的那位老家伙是老相识、老哥们儿了。却又不能不不满，不能不有所遗憾。对不起了，所有知我爱我亲我疼我的亲人友人啊，我没有达到你们的盼望啊！

　　施炳炎说的是，想不到自己身上都长鱼纹了，还如此一往情深，恋恋不舍于自己的劳动经验。劳动是学习也是投入，是抖擞精神也是自爱身心胳臂腿儿。耄耋后说起劳动的历程他眉飞色舞。劳动美，劳动逍遥，夏练三伏，冬练三九，却又行云流水，行于当行，止于可止。劳动累，拓荒黄牛，触处生媚。劳动壮，力拔山兮，高亢嘹亮。劳动乐，不食嗟来，温饱唧瑟！青春岂可不辛劳？汗下成珠娇且骄，七十二行皆不善，土中求食最英豪！

　　说起来，在大核桃树峪的背背篓成就了礼、法、恭、俭、韧、担当与吃苦——这些应该说是程序与义理的人格化。那么另一种体验，雨季造林，成就了逍遥奔放、自由天机、恢宏驰骋，天地大美，道法自然，是劳动成就人文的——狂欢嘉年华。

　　一九五九年八月，炳炎在大核桃树峪战天斗地了一年，转战到设在镇罗营的临时指挥机构省造林一大队，林与人，继续深造。他学会了春季造林、秋冬季造林、雨季造林的种种造林说法与做法要领。六十余年后，他更从三观，从哲学、美学、心理学、生物学、农学、林学、发展社会学、环境生态学直至医学与体育运动学上总结收获了雨季造林的全景式心得体会。

所谓雨季造林,是最迅速、最自然、最放任随性痛快淋漓的人与雨扑向林木与泥土大地的狂喜,是造林大联欢,是种树大搏命,是青春绿化植物节,是荒山野岭之人的本质化发展变化新起点。

那是指阴云密布、雷声隆隆,气象台红色预警:紧急预报豪雨大到暴雨即将出现,亦即十二小时内降水量将达到或超过十五至三十毫米,或二十四小时降水量将达到或超过二十五至五十毫米的大雨过程正在发生,甚或是十二小时降水量三十至七十毫米、二十四小时降水量五十至一百毫米的暴雨过程逞雄驾临;趁龙王爷发威,此时造林队主管立即派苏式嘎斯五一型卡车驶来一号造林队,与炳炎等同病相怜、臭味相投,相濡以沫、相互鼓舞、振奋精神、欢蹦乱跳的五男二女同工同事,穿上大厚布裤衩子,女子外加针织马甲或后来叫做T恤的短衫,手持铁锹,外带镐锄,冒雨或待雨上车,然后豪雨淋漓,从头至脚。先下来的是温热暖体的浊水,渐渐在一万到五千米高的空域进行了充分热交换,显现出高天密雨的清纯凉爽,云雨依预报,天然去矫饰,心静身凉洁,植树披新绿。于是,他们的尽情暴露却非涉不雅的短装,他们的头发身体四肢脸孔,特别是体形皮肤,他们平日隐蔽难察的玩具暗器浑然囫囵,颜色与犄角凹凸可见可感可喜可悲,雨滴浇透,彻头彻尾,彻里彻外,湿润温暖。衣装至简,大道至简,人体至简,三个至简加上凉水猛冲,效果是贴身紧绷半透明全立体,方圆乃天成,饱满曲线分男女,人人鲜活剔透更玲珑!劳动神圣,活性劲冲,道道纹、条条水路,流淌畅通,上善若水,快意鱼龙,一夏游弋,赤裸裸来去无可惊。他们的纯朴简单原生态,他们的素面素身汉子娘儿们裸光鲜健力宝,尽显身体"朴素,而天下莫能与之争美",庄子曰;而老子说得比上面庄子说得更贴题:"朴虽小,天下莫能臣。天地相合,以降甘露……"这是太上老君对"犯了错误"的狗男女雨季造林的预卜卦爻啊,这不是两千五百年前的李耳大神谱写的七男女雨季造林谐谑曲吗？注销了名分，获得了天地倾盆洗礼，挖树运树植树成树，种桃得桃，栽李结李。满脸满身全是水与泥，十年树木，百年树人，阴阳和谐，甘露均匀，夏季喧哗，盛暑飘风，声光雷电，都来吧您，轰轰轰隆。山不在高，雷雨则雄；树不在大，参天则惊。三千钟爱在一身，四季舒服不二门，风水土木知遇至，西峰云雨恩情深！他们欢乐地受洗大喜，啊！

　　一大队另册的这七个家伙，组成也极可爱，年龄最大的是一名五十七岁说相声的老曲艺演员，穷逗乐，乱挖苦，祸从口出。其次是一名不无姿色的女性，原职唱西河大鼓，代表曲目是《穆桂英大破天门阵》，涉嫌轻妄猖狂。一位党校干部原教授政治经济学，肯定教出了点毛病呗。另一位干部是纪律检查委员会的办公室主任。一位小女生打字员，得了年度优秀奖，听到不服气的老打字员们的窃窃话语、阴阳咸淡，一生气，把奖状撕了两半，结果自己变成了某种不妙的"分子"。纪检人士则是自己上缴有思想问题的日记本，自己把自己举报打倒干趴下没商量。其他兴许是讲课、相声笑料、大鼓唱完后的道白说词过门儿……瑜瑕互见，赶上锯碗的戴眼镜的当口，出了毛病，迎来新鲜机遇，鲤鱼跳不过龙门，变成丑陋的泥鳅喽。

　　到了苗圃，七人突击队，炳炎也想自诩为挺进队，猛打猛冲，挖树苗，带泥土，溅泥水，抹皮肉，成花脸，染衣裤。三下五除二，装车，上车，雨中行车，其乐何如！半是树，半是土，半是苗，半是汤汤水水，半山是渚；半是叫，半是笑，哀莫哀兮有错误，乐莫乐兮栽大树！打字员一上来还哼哼唧唧，哭天抹泪，二十五分钟后湿透了老少男女，流淌着衩裤T恤，七条泥鳅，七名土泥流汤儿的生猛蠢呆男女，装满半车二百多株一米五六高的幼树，在胜利的歌声话声笑声中，嘎斯开向北青山区绿化带，此时的小打字员破涕为笑，世界人生价值三观出现了面貌一新的青春冲动。

　　来到了几个山头上备妥的一片片一组组鱼鳞坑，是他们前一个月已经挖好的。在山坡上，用洋镐铁锹挖出平坦的小块梯田，呈半圆或梯形,圆弧或梯形上端线朝外,较直的底线朝着山体,挖坑过程中淘汰了碎石与板结泥土,有的坑里还上了牲口粪与绿肥底肥,新规划为苍松翠柏茂林修藤准备好了沃土;大雨中,各坑已经接够了水,有的坑中已形成薄层泥浆。这赤诚相伴的五男二女,叽叽嘎嘎,凫哧凫哧,刨挖、运苗、扶正、培土、下压、腻缝、矫正,在山岭高端完成了百十年后将长成大材的一株株油松、马尾松、迎客松、塔松、云杉、侧柏和它们的种种变异的预设。另外有更多的水果干果树苗插进种好于低端些的山坡上:内有大久保、老爷脸、早美、春雪、突围、朝晖、红珊瑚、秋露蜜、晚蜜与以各个地名命名的以"蜜"字结束的蜜桃,还有鸭梨、酸梨、秋梨、苹果、樱桃、板栗、核桃等等。前人种树,后人歇凉,各种鲜果,思之垂涎,利在子孙,甜在自己。

已经里里外外成为泥猴的五男二女,与大自然、与风雨雷电泥水浑然一体的他们,无忧无惧、无患无失、无灾无殃,利山利水、利树利土、利国利家。他们心潮澎湃,他们满目云霞,他们天人合一,与树、花、草、土、石、泥、肥料混沌亲密,一的一切,一切的一。尤其是小打字员,只经过这半天的泥水山林大战与准赤身露体放浪形骸后,她竟然哈哈哈哈,发出笑声一串。他们的故事、他们的哀乐、他们的难以匹敌的忠良与阳光,后人能够理解、能够体会的吗?后世的小友啊,二十一世纪的〇〇后、一〇后、二〇后朋友们啊,你们梦到这些桃杏如蜜之甜了吗?你们懂得我们的快乐和天真天趣与哭笑不得了吗?

当然,雨季造林也有麻烦,老天爷的事儿,你做不到十拿九准,大到暴,雨儿来势汹汹,挖好树苗刚一开车,突然一阵东风南风,晴光万里,艳阳高照,你扛着树苗上了山,你种完这树那树,发现鱼鳞坑里的积水根本不够用,你埋好踩实的"百年树木"之役,五天以后,幼树就有干死旱死的危险。好嘞,做完名为雨季、实际落空,从雨下到雨停,一次充满遐想愿景神思与现实艰危的造林操作以后,你们七位泥猴,还远远不可以庆祝战果,赶紧去挑水!赶紧去加班!你们的肩力腰力臂力气力膂力,天生我材必有用,千斤力尽再叫上来!发挥再发挥、激活再激活,一回两回三回,四五六,七八九,一坑一挑两桶水,每桶水十六公斤,你们还需要挑五十挑水。

当然另外还有准另册第二梯队人员会过来支援你们。造林队倒数第二梯队的人员中有一位奇葩名人,是大脸大眼高鼻子高个儿的漫画家。这是当年的一位大少爷,不但工于画,在本省大名鼎鼎,而且拜过叶盛兰学唱小生,见过日伪时期的日本女魔术大家天胜娘,师从她做过天胜门徒,他还喜欢拉京胡,会耍绝门儿胡琴拉戏,一把胡琴,不单拉过门,拉伴奏,而且拉出生旦净末丑的唱腔与道白。他出工,不但多挑了十挑八挑没有装满并且路途上泼洒掉许多的 H_2O,而且鼓舞了士气,使劳动成为人生的第一需要,马克思说。

噫吁兮,世界乃劳动所创造,我们的意识形态的前提是从猿至人,全靠劳动推动与创造也。我们不信神,我们信的是劳动。恩格斯高度评价了肉食,特别是人类发明的对于火的利用的重要性,吃烤肉煮肉蒸肉熏肉熟肉,意义伟大,促进了大脑发达、人类与社会与文化发展。恩格斯告诉我们,肉食者不鄙,肉食益智,我们要增加肉食,发达大脑锛儿头与后脑勺子。

其实多数宗教、信仰,包括无神论与唯物主义,都高度评价劳动的神圣与伟大,一切对于劳动的赞美歌颂通向道德与文明、人民与革命;而一切对于劳动的懒惰与逃避,通向罪恶与剥削、压迫腐朽堕落,不劳动者不得食,不劳动者罪该万死。施炳炎,不管他什么原因什么说辞,反正他从二十八岁年富力强时起,大劳特劳其动来矣,劳我以生,练我以身,压我以腰,强我以腿与臂,然后佚我以老,息我以死。吹灯拔蜡,皆大欢喜。内练一口气,外练筋骨皮。

俄国大心理学家、第一信号系统与第二信号系统学说的发现人巴甫洛夫名言:如果在体力劳动中加上优异的悟性,就更令人满足了。

十　缤纷

许多年,他施炳炎的生活、他的劳动、他的时间地点场合工种境况,花样翻新,新知新意,其美无穷,其乐无穷,其艺无穷。

他难忘对于牲畜的伺候,他骑着一匹马,也有时候是骑着坚定从容的骡子或神经质的、一扭一扭、心有旁骛的驴,带着数匹,乃至十余匹马骡驴,去钉掌去驮物。跑将起来,设想为"春风得意马蹄疾",设想为"山公醉后能骑马",或者是"将军骑马出潼关",这是什么样的快意与机缘呢?命名能改运,歌诗能改戏,言语生神力,遐想得新意!

关键在于虽曰坐骑,骑而固不可坐也,怕的是您误座为坐,老实不客气地坐到马脊背骨上,那种情况下您的体重全部集中到屁股肛门与尿口一带,死死地在马背上一坐,随着马走起来,您的屁股两瓣与马背马脊梁骨生生地磨过来蹭过去,叫做"铲"来"铲"去,虽然您的屁股内厚肉柔,也经不住铲上一天两天五天八天,而真正在牧区、在丘陵草场上,连续骑几天马儿是常事。哈哈,我施炳炎,远远谈不上操作熟练精巧,身体坚强灵异,但是从头一天我就明白了,骑马骑马,不是坐太师椅,不是坐沙发,不是坐汽车,也不是坐自行车二等货架子;不能任凭马儿,尤其是没有受到过对于走马的训练的马儿,让它们随意扭动马屁股、马脊梁,把尊腚磨蹭揉搓刮剐,充血起疱裂缝沁出组织液与造成微血管破裂,疼死苦死笑死地丢丑散德行出洋相。

很简单,人生可以骑马,但决不可以让马铲你肛门屁股。人生可以献身艺术,但是不可以让艺术毁灭迷醉掉人的此生。人生可以说许多话，但是绝对不能让话语代替生活与生命，不能让话语的宏伟洪潮淹没你的渺小脆弱的生命。

而且施炳炎无师自通，他的骑术论在于：骑马的安全决定在骑手的两腿上，你是骑，不是坐，你记住，两腿必须自然分开，有所夹并，你两足适当认镫认踩，灵活吃重，走路在腿，骑马也不是靠腚，骑马靠的还是腿脚。体重两分左右，下移腿足，大大减少尊臀在马背上的平移运动，保持骑手随时加速减速、顺应道路、顺应马儿的动作的身体重心与姿态活性自如，马儿可停可走，可扬脖伸颈，可俯首寻食，甚至遇险时混乱异动失常，故而骑手要随时防备，要有瞬间抽镫脱身跳下的机动性能。你要保持不较劲、不懒怠、不落马、不被马镫锁死双脚，可进可退、能上能下、能屈能伸、能死守也能翻滚腾跃的可调整可变易最佳状态。

而后可以说是骑马进山。青山绿水、白云蓝天、晴雨风雾、林木草花，人间天堂，藏舍在我，奔停随意、自由享受，远胜皇家骑士俱乐部荣誉会员的赛马竞技与赌博。不幸中有此大幸，此生多趣多能多才多幸多金刚力士，相助相友，逢凶化吉，遇难呈祥，艰窘成趣，多磨添福。山峰多姿，雨露滋润，盛景深情，天护地佑，你不快乐谁快乐，你不快乐既对不起天地山丘草木水流，也对不起骏马良驹也！

他也曾经背起大块石灰石，这也堪称一绝，叫做运料进灰窑。此种石头无定形无法装篓，带棱带角却又滚来滚去，他只能因势利导在背后用两手搂住托住固定住石块，同时随时咕蛹（动弹），腰抵紧石头，将石头送入石灰窑。

与背这样的石头相比，背背篓就是少爷小姐的活计喽。背背篓是巧用工具，而背这样的石灰石，是无工具硬顶硬干，应属于类人猿的原生态活计。干起活来，要的是不断随机应变活干巧干。使用工具是马克思主义为人类下的定义，是人与非人的关键区别，哈哈哈哈，他学会了人在尚未充分进化到合格的人类以前已经必需的活计了。人的一生无时不需要补课。当了博士不一定能把应该在幼儿园学好的技能与良好习惯统统完成良好,活到老,学到老,补课到老,加油到老。

他也曾上山打柴打荆条打中药草贝母、灵芝和白花蛇舌草。山路崎岖,而人一旦兴起,可以做到无视山路无视崎岖,只是看到了诱人的荆条野蔓,美丽得合用得叫你心花怒放。你必须无为而无不为,本能而松弛,在物我两忘的高端境界中观天地、审高低、明顺逆、度安危,善于应对,精于选择,于无路中挑捷径,无厕足处稳脚跟,如狐举步,如仙下凡,割下那青青翠翠,万物皆备于我,万巧尽在一心,直直溜溜,柔柔韧韧,一点一寻,一寻一出手,积小胜为大胜,不可暴弃天物天恩,天赐荆藤,为你我所用。能有不感激涕零?

哈,他还上过夜班,一宿浇水。一些内地农民少有这样的大水漫灌、开口子成河的浇灌路数经验。干脆说内地农民都无法想象。没有田畦支渠,开开大渠往大块田亩里稀里哗啦,浇水者全看水流情况,瞬间决策,瞬间动手,土方堤埂,瞬间完成,出手就成,阻挡分流,拐弯引流,改变局面,管控精当,导引得力。你要靠自己临时堆土引领水流方向,一埂变水势,一锹改走向。

他又曾举着木框打土坯,练腰练腿。他割麦捆麦,烈日高空;他春季插秧,冰水彻骨。可惜的是他插的稻秧不够平直匀距,不能成功地显示出一个精巧的图案图形。愧哉施老师。

秋后收割,稻秆比麦秆柔韧,难割断难下镰刀,易伤自身,留的根茬也不显齐整。倒是扛起二百三十五市斤的稻种麦种麻袋,走上颤颤悠悠的跳板,将麻袋卸到解放牌大汽车上,他做得还算漂亮,多年后讲起来他仍然自豪,但听众或感施老师略有吹嘘。

他尤其喜欢吹嘘的是五七干校时期,他担任过本连队的炊事班副班长,他在非顺境的情况下自认为是掌握了要害岗位。他的说法是,印把子、枪把子、勺把子,三把子都是弥足珍贵的权柄。他对自身的这样一个饱受信赖尊敬的握柄身份既惭愧又踌躇满志,他天真烂漫地回味描写述说并忽悠,五七战士施副班长,受到其他五七战士们点头哈腰的敬爱礼遇的美丽故事。

有阵子他见人就问:"请回答,怎么样干?一个厨师,自己一次和七十公斤面粉。在哪里和这么多的面?"当听到回答是在缸里、大盆里、木箱里和面时,他笑掉了大牙,当他听到一位在五七干校厨房劳动过的同人讲述他因数年在大缸里和面,两臂再无汗毛的事迹时,惊惧交加,他几乎晕倒在地。

最终,他才卖关子地透露:"记住,在面板上和大面,与建筑工地上小工提前十五分钟做准备和好泥的方法是一样的。"

果然,闻者无不心服口服,钦佩不已。震了!镇了!施炳炎的威信为之提高,体力脑力、黑红两道,敢情他都有两下子!

劳动使猿猴成人,使弱者变成强人,使渺小之人成为巨人。施炳炎为自己的劳动史而骄傲,而充满获得感充实感幸福感成功感!劳动是他的神明,劳动是他的心爱,劳动是他的沉醉,劳动是他的诗章!

他不免瞎操心,伟大祖国越来越实现农业生产的机械化现代化自动化了,人的劳动越来越被机关机器人工智能动能 AI 所取代了,实打实的、筋骨强壮的力气活,王铁人的活、陈永贵的活、时传祥的活,越来越少见了,君临山村的是缆绳缆索,车辆盘旋,割草机起重机,无活不机不电。伟大的劳动啊,今后到哪里去学习,去从事,去瞻仰,去辛苦满满、享受满满、崇拜满满、歌唱满满呢?

他感觉到机械化自动化智能化舒服化正在分担人的劳动,人的劳动能力人的五官四肢五脏六腑肌肉骨骼从而弱化退化,我的娘老子,人啊,人,请不要作废了报废了人体自身呀!

对不?

王蒙为炳炎的杞人忧天鼓掌。

十一　吴素秋来了

九十岁时，炳炎回首往事，想到六十余年前，来到大核桃树峪村，第一件大喜事是上山爬大树，小试身手，十分享受：欲穷千里目，更上一层树，放眼远眺乐，转身依靠住。攀登着上起树来，灵活自在、天真烂漫、得意利索，应该算是而立之年以前的巅峰体验之一。

现想想，其时在美丽的大核桃树峪村，能够与爬树攀高登顶媲美的另一件瑰丽的记忆，则是在村口大戏台前面，观赏名伶吴素秋主演的荀派京剧《红娘》。

早在敌伪时期——台湾的说法叫做"日据"时代，从印刷拙劣但发行量不小的《369画报》封面上，施炳炎已经认识了记住了名角名媛吴素秋的芳名，想不到近二十年后，一九五八年的吴素秋仍然那样流光华彩，活力闪耀。在《369画报》上亮相的另一位名媛是言慧珠。那时候的"娱记"盯着的是才艺扮相身段声口俱佳的京剧坤角儿，自无歌星之说，虽然那时候也有那时候的不少流行歌曲。角儿要千锤百炼，星的自然条件也很鲜活，同时相当程度上靠生来的条件加台缘加传媒传播炒作。台缘云云，观吴素秋然后悟而后通。炳炎后来还从曾经缴费学习清唱的母亲那里得知，吴素秋既是尚小云的门徒，又是荀慧生的干女儿，当然更是荀与尚的传人，四大名旦里她够着了两位，双星荣耀，唯我兼取。她也是山东蓬莱人，出生于仙境、胜境、海市蜃楼。蓬莱此去无多远，胡桃高山玉女看，待月岂独西厢下？乡人惊艳唪天仙。

53

毛泽东诗句"别梦依稀咒逝川",情深思远。名句的源头离不开孔夫子的"逝者如斯夫,不舍昼夜",孔子的说法,通俗而又高雅,平常而又朴挚,概括了全部人与人生的滋味;什么都没有说,什么都有了。

数百年以来的那一段陈旧的逝川流水中,映照着、闪烁着、见证着大核桃树峪古旧残破的堂堂过街楼,下边的城墙与圆拱形券门。据说堂而皇之的过街楼,还是元代建设,明代完成的。一个小小的巴掌大的山村,为什么还要修一个给人以防御工事感和古典戏曲感的楼、墙、门呢?这是文脉古远的见证吗?这个村里出过状元、榜眼、探花吗?要不然这个村里有土围子?恶霸?黑帮首领?高官军阀?土豪劣绅?这里也有过争夺与征战,百姓的说法是:花木兰、穆桂英、杨六郎,说不定还有金兀术、萧太后,都曾在这儿喋血相争。八路军、游击队、民兵、阎锡山的兵也在这边配合过平型关战役。这表明,他施炳炎活得仍然不够仔细,不够珍重,不够心痛。他只在这里锻炼深造了十二个月,夏秋冬春,迎豪雨而来,借春风而去。而后,他走了,他漏掉的其实比汲取与镌刻的更多。他谈不到了解北青山、镇罗营、大核桃树峪。人事多遗漏,思之甚愧惭。优伶本大雅,乡僻有奇缘。青史英豪壮,红娘意态妍,素秋且唱过,追忆感心间。

他永远忘不了大核桃树峪与它的英俊善良少年,忘不了与他同样得到教育与洗礼的吴素秋,又名吴玉蕴、丽素秋,尤其是忘不了二十世纪五十年代因吴素秋而大放光芒的村口券门与古老戏台了。

一进券门,一进村口,就是一座大戏台。砖石砌就与石灰沙泥抹缝的大戏台,日晒雨濯,岁打年磨,沧桑勾画,笃实古朴。台面已经凸凸凹凹,开始显现老态。台顶有两处鸟儿结巢,还有漏雨的历史泪痕陈迹。大舞台中间砌墙,设两个区域,如今破烂走形了。京剧与话剧不一样,角儿哪儿上哪儿都有死规矩,演出中不断显示告诉观念,这是角儿的戏,可不像斯坦尼斯拉夫斯基与丹钦科体系,希望你深入剧情,忘掉角儿与角儿的表演。唐诗宋词元曲,元代是戏曲之年,名不虚传!

何德何能,何机何缘,此村有史以来之大幸也,中华人民共和国以来,早已因演出《霸王别姬》与《孔雀东南飞》而全国走红,又因与评剧名角儿小白玉霜、曲剧名角儿魏喜奎,她们三位大家同赴朝鲜前线慰问志愿军,备受尊敬爱慕的京剧艺术家吴素秋老师,竟然在九月初来到山区,亲力亲为,服务山村、野地、农民、工友、下放干部大众,包括天天闹改造暂处另册人口小微,成千的人聚集到大核桃树峪村的大戏台周围,观看露天演出《红娘》。

剧团拉运,送来了柴油发电机,破旧的舞台上,照耀着聚光强射,剧团人员拿着一组组内接四节一号电池的手电筒,一道道大核桃峪人没见过的探照灯式的电光束聚起来扫来扫去,小小的村落突掀高潮,欢天喜地。

吴素秋袅袅婷婷,说说唱唱做做,在发电机车的强大噪声背景中,莺声燕语,字字含情,载歌载舞,满场飞旋,魅力四射,如光如电,风情万种。夜鸟惊起,秋虫争鸣,狗吠驴嘶,硬是扰乱不了角儿的娇娇嗲嗲、生生动动,让人民心疼得紧,爱得心痛。吴老师的台缘,没了治啦。

《红娘》写的是张生与崔莺莺的爱情,却主要由天使般第三者下人——小丫头红娘出工出戏出招出力出演,爱情戏里出现了这样的第三者,应该说是神三大三善德之三,一生二,二生三,三生万物。一曰崔,二曰崔加张,三曰再加红娘。正是这个"三",成了英雄,成了救星,成了主角,中华文化之重"三",无与伦比。她是参与者、同情者、撮合者、仗义者,又同时是欣赏者与小小嘲笑者、戏弄者,以戏戏戏,尽心尽力,以角儿艳戏,戏生戏意,戏之不尽,乐满天地。素秋素秋,实乃人生与戏剧的奇葩与大师。

她嘲笑封建礼法,也嘲笑男女情欲,更嘲笑读书读废读萎了的小男人张君瑞的咬文嚼字、酸文假醋、胆小如鼠、有心无胆、有气无力。不,显然她不是婢女,而是半人半神的安琪儿,是中国特色执魔力标枪与弓矢的爱神维纳斯，祂的甜言蜜语能征服所有神和人与封建文化鬼魅。她反客为主，代替了心口难一、犹犹豫豫、被封建礼教压迫得喘不过气来的当事人崔莺莺，成了欢欢势势的戏中女主角，女"英雌"。而男主人公张君瑞，这位爱情的乞儿，至少夹带了部分丑角戏路子，全无男子气概。而且，与其说他是向莺莺乞求爱怜，不如说是向红娘小丫头乞求侠肝义胆、耳提面命、作威作福的包办恩宠赏赐，他要的是红娘两肋插刀。摆设齐全，一切享现成了，而后他仰红娘恩赐而上。中国男人啥时候训练成这个模样了呢？羞煞俺也！

好戏都在吴素秋扮演的红娘这里。原来吴花旦她与红娘一样爱笑爱说，魅力无边，谁都会为祂更是她乱了方寸。而用阶级分析的观点看问题，红娘比维纳斯更普罗更人民更大众通俗畅销无拘无束，所以更伟大。《红娘》多多少少出了少爷小姐的洋相，长了丫鬟下人的志气，长了人民的志气，灭了贵族的威风。

《西厢记》因其内容的反封建性而风光无限，吴素秋因红娘的挑战性突破性而尽显风姿义气、古道热肠、机灵善变，偏偏又是自自然然、行行止止、身段莲步、眼神指法、随性招摇、因情炫彩。只是她不时用袖口擦擦鼻子鼻涕，唆唆鼻子，现出端端正正美丽光滑的鼻子上的小皱纹，更招人疼惜爱怜。山风阴冷，与城市剧院的演出条件不能相比，口、鼻、眉、目、颊、腮、身，自有与标准西式剧院有不同反应。吴素秋也是打破科班规矩，尝试起破天荒的新经验，下定决心，不怕牺牲，排除"百"难，去争取胜利。中华人民共和国，一九五八、翻天覆地。吴素秋的人与艺术、貌与功夫，尤其是做工与念工，让四乡不远百里赶来的本小区和邻区的新建立的人民公社众社员们，人山人海，如痴如狂，甚至喊喊叫叫，发表感想："能够看到这样的京戏，这辈子总算没有白活呀！"人民是艺术的母亲，艺术与红娘与山村山民拥抱到了一起！这样的盛况、盛事、盛举，千年不遇，谁看过谁想得到？这是中华狂欢节！过了这个村，再没有这个店。这是呼风唤雨，亘古未闻，从来没见过没想过做梦也未曾梦到过的红火千秋，惊雷闪电！不太懂得怎么在戏园子里听戏的乡亲们,边看边评论边大声说话,与电机牲畜拼分贝,其他观众少数学着城里人发出嘘声,更多的人严词警告:"闭嘴!"

想不到的是核桃少年次日在家里问炳炎:"大哥哥,那么大的角儿吴素秋,为啥要到咱们这儿要吗没吗的地方唱戏呢?"

"要为人民服务啊。现在是新社会,是新思想新习惯,戏,不是专门伺候地主老财大官富商们的啦,戏,要为工农兵、为劳动人民唱!"

"炳炎大哥哥,你的思想有什么问题呢?我觉得你的思想非常好啊,你绝对是好人啊!为什么说你们的思想有不对呢?"核桃少年侯长友突然问,他睁大了两只清明闪亮的眼睛,明明白白,清清楚楚,板上钉钉,一言为定,十五岁的英雄之子、烈士之弟,为施炳炎此人做出了最重大最坚决的政审强势结论。

施炳炎只能含泪憨笑。

二〇一六年,吴素秋在北京去世,享年九十有四。报上说,业内名家们都称赞吴老师是女才子。比吴大师小八岁、比笔者王蒙大四岁的施炳炎,回忆起了他与吴老师的缘分,给王蒙打了一个电话,唏嘘不已。施先生问王蒙,为什么年纪轻轻的说是信了佛的、扮演过样板戏《红灯记》里李铁梅的刘长瑜同志,她说吴是女才子,却不说是才女?王蒙回答,可能刘老师认为同为才子,概念同一,方能颉颃翱翔,一个才女,一个才子,好像是两下里走了似的。再有呢,你说一个才女是女才子,她会很高兴;你如果说一个才子是男才女呢?那就成了糟蹋人啦。不是说部门里还要发文件,避免男孩子的女性化伪娘化了吗?

后来二老怀念了一回五四运动,叹息了一下妇女与妇联,一直说到民初巾帼英雄唐群英为了争执将男女平等写入国民党党纲,扇了该党代理理事长宋教仁一个耳光的佳话。最后二老闹不清是在聊什么,又忘记了究竟是谁想起来谁,谁给谁叫的电话,后来也闹不清底

57

下该说些什么了,也忘了一开头是说什么来了……后来,二人甚至也忘记了挂上电话,在美好感受与逝者如斯的交流中,二人飘然入梦。

那个时候,王蒙终于起意要写写施炳炎与大核桃树峪的缘分,如此这般,经历了六十三年,回溯起八九十年的往昔与今朝。老王蒙开写,要写比他更高龄一点点的施炳炎和后来也已年过古稀的核桃少年侯长友。

十二　温暖

　　一九五八年年底,入冬了,这天傍晚,喝完楂子粥(这个山沟里的百姓,将"楂"说成"chai"的第三声),长友将施炳炎叫到自家,他爸爸请炳炎上炕,给炳炎斟上省委赵副秘书长送给老侯的牛栏山红星二锅头,给炳炎剥开了两个有意腌出臭味的发酵咸蛋,还抓了一把五香黄豆,拌上一盘野菜马兰芽,请施氏入席。侯东平是一九一〇年生人,施炳炎是一九三〇年出生,侯长友是一九四三年出生。施炳炎管侯东平叫侯哥,长友管施炳炎叫大哥,长友管侯东平叫爹,他们的相互称呼突破了辈分的呆板,体现了跃进的尝试与勇敢。至于说到三个人的生辰八字,他们高龄回溯,一九一〇年,日本全面占领了朝鲜半岛,而东北黑龙江全面暴发鼠疫,病死六万多人,还有汪精卫等人在该年刺杀光绪弟弟载沣醇亲王未遂被捕。一九四三年长友出生的一年,则首先让炳炎想起德军九万人在斯大林格勒投降与日军占领菲律宾首府马尼拉,还有宋美龄在美国国会演讲。一九三〇年的大事则是毛泽东著作《星星之火可以燎原》发表,鲁迅等作家成立了左翼作家联盟,成员有郁达夫、田汉、夏衍、冯雪峰、柔石、殷夫。同时在上海发起成立了中国自由运动大同盟,简称"自由大同盟"。二十世纪岂能忘?打起一仗又一仗。

　　人这一辈子,前看后看,回看回想,里看外看,还真有点意思,真有点风萧萧兮易水寒,寒不寒哟,吗也不复还,终有壮士兮破万难的叹息。

59

也有初始的心满意足，战争，革命，饥饿，弱肉强食，风云莫测，而我们全须全尾红旗招展，我们你们他们，容易吗？

那么，在无腌菜缸，仍有老腌菜味儿，甚至还有臭豆腐味儿的侯东平家里，就着臭蛋饮酒，是一九五八年，是大决心大口号大拼命"大跃进"的岁月里，一件比鸡毛微尘还小的小事，只是对于炳炎，刻骨铭心，没齿难忘。

山村也在筛锣擂鼓，打雷闪电，声响连连。侯东平家里的菜缸虽然已经拉入了公社食堂，但是你看，家里的主要气味不是家畜，不是田里的收成，不是锄头不是铁锨的生铁气，不是炕头的摞得高高的被褥枕头的汗酸，而仍然是在此家盖有年矣的咸菜缸，历年历届浸润发酵沉淀冒泡的腌萝卜、腌酸菜，余香绕梁，千日不绝。农家的亲切与寒酸、农家的迁延与古旧、农家的地气与人脉、农家的生命与接续，就这样绵长衔接，就这样入户入墙，入土入炕，入体入心。

除盐巴外放了花椒姜丝八角的煮黄豆的香气使炳炎无限怀念吃茴香豆儿的孔乙己。施炳炎私下称呼孔乙己是孔老学长，据他的了解，绍兴咸亨酒店里的茴香豆儿是蚕豆，而北方山村里是黄豆，已经大不相同了。孔乙己的形象仍然使炳炎感到无比的亲切体己，他仍然与孔乙己深感声气相通，相濡以沫，同根同脉，薪尽火传。同时他坚信，随他春夏秋冬，世情大大不同，只要咬紧牙关，结果仍然兴隆！

而臭鸡蛋呢，比起咸蛋来少放盐，多放花椒，热水开始腌蛋，严密封口；越是富有营养的好鸡蛋越是腌得油腻黏稠拢聚柔韧，臭香一体，融合变异，山村奇葩，养精补气；更是消化引导，通畅清理，加上二锅头的正宗，入口如沉迷美梦。

侯东平陪炳炎只干了一小盅酒，眼珠略有发红，喘了两声，咝咝哈哈了两声，像是被酒辣着了或者烫着了嘴。他吃力地放低声音，对炳炎认真地说："为、人、不、做、亏心事，半夜不怕、鬼、叫门！自己要站稳了，拿定了……"他摆了摆手，似是在忠告炳炎不要什么话都听，什么事都操心较劲，用施炳炎的语言表达，就是人需要学会说不。

他更放低了声音,好像在传达什么机要密电码:"身子,主要是身子,要保护,要锻炼,也要弄好了,要爱惜,不犯傻……路径还长了去啦。"他终于说完了,他咳嗽了一回。他掏出了自己的心,信任、期待、祝福、忠告。底下再喝,只点头,不出声了。

这是中国!地大物博也好,博大精深也好,五千年热锅老汤也好,酱缸老抽蚝油老白干都好,大革命翻天覆地,好!好!就是好!希望在前,困难在路上,国泰民安皆大欢喜在将来。您要到山里来,您要到村里来,否则,您仍然是没闻见过中华醇香,中华老字号,中华筋脉,中华陈酿,您没有与中华深处的气息相通相接、永不断绝!

可以了,在那个年代,在这个场合,在那种境遇;有这样的抗日老英雄,抗美援朝老烈属的好意与温暖,这是人民的心意,这是抗日的规格,这是英雄与烈属的级别,这是核桃高峰与大核桃树的高度、浓度、凿实度!在饥馁的冬天,他品尝了二锅头的红星闪闪。在这个山村,他有了背篓子的经验、有了爬高山核桃树的经验、有了掏粪的经验与享受京剧大牌名角唱戏的经验、有了听到俊秀纯美的少年的那句刻骨铭心的提问;还有那不待分辩回应、少年斩钉截铁地做出的判断,有老人的慷慨与爱护,一声"惜身子",双泪落君前!有热炕头的亲切与温暖,有柴火燃烧的柴香草香树叶香烟香与火香,有挂在墙上的镰刀、箩筛、奖状、奖旗、鞣制中的生皮,也有中央军委总政治部颁发的抗日战争老兵纪念章的闪耀与正气;有放在条案长桌上的金鸡牌双铃马蹄表闹钟,有红星二锅头酒的纯粮食的醇厚与端正芬芳,有臭蛋中的乡愁与对于改善国人营养增加蛋白质卵磷脂营养和维生素D的美好幻想。是乡愁,别是一般滋味在炕头。臭中有可圈可点可垂涎的迷人的抚慰的芬芳,有农室的暖人肺腑的大山大河大树气息,有两张侯积肥队长分别与赵副秘书长与王区长的合影照片……还有一张老侯与日本和平访问团友人的合影,日本友人当年驻守过本山区的碉堡。照片上写着日语中的汉字:"世界平和"和几个假名日语字母。这间用石头垒墙,用石片做瓦,用弯曲的木材做柁、梁与椽子盖成的山村农家小室里，端的还缺少什么呢？齐了啊。

施炳炎后来回到自己的房间，不出声地大哭一场，哭得昏天黑地，荡气回肠，天旋地转，痛快淋漓，落地扎根，刻骨铭记。

入冬后，梯田与大山上的活计少了，施炳炎也到了积肥队。那几年的我国，人们都愈益瞩目于掏大粪，都向往掏大粪。都关注于干干他人不愿意干的活计，相信越是干齉腥臭刺鼻的脏活越具有被熏染美好与获得善良教化的能力；越是亲近粪臭、牲口臭、泔水臭、汗臭，越是能够得到劳动盛举的洗礼、人民脚踏实地的洗涤、自己过错的洗刷、没落旧痕的清洗；也就是得到新生，得到世界的重塑，得到历史的洗牌，得到新人的诞生，得到历史上从未出现过的清洁纯净芳华欢乐。干脆说吧，掏粪是芬芳的必由之路，下沉是升华的必由之路，失败是成功之母，大粪是丰收好年成之父，山村是现代化大国的根基，上山下乡积肥劳动，尤其是经过了雨季造林与文艺上山下乡，才能培养新式的精英栋梁才人大师大帅。为了更好更美的雕阑玉砌的纯洁与高贵，什么活不能试试，什么道不能蹚蹚？

侯队长指示：积粪肥是一个脏活，越是脏活越要做得干干净净、清清爽爽、利利索索、条条理理。从头发梢到脚后跟、从布帽子到胶皮鞋，不能留一点脏。为了有机肥料，为了放高产卫星，绝对不怕脏，不可能不沾惹脏，但也绝对不留脏、不带脏，不把自己，更不把住处、不把邻舍家、不把村里地里任何一角一处搞脏熏脏。一踣一踬的老英雄老烈属自爱也自尊，他干完积肥的活，换衣服，打盆热水从头洗到脚，一脸的笑容。告诉施："有脏活儿，有臭活儿，有出汗的活儿，还有流血的活儿，但是我们个人不能脏，不能臭，不能不擦汗，不能不止血，不叫苦也不恶心别人。施，你高高兴兴地等着吧，等着你干的活儿还多了去啦。"

"是的，"炳炎心里说，"我相信劳动创造世界，我相信劳动创造幸福和美好，我相信生活应该换换样子，试一下走一下新的活法，我相信机会难得，百年不遇。我相信不受挫折就没有资格考大学更没有资格教大学。我认为这无论如何是我的幸运与机遇。与他们在大核桃树峪相聚,我相信我能长本事长能耐,我们的公社也能克服困难,我们走在大路上,意气风发,斗志昂扬……"

开初像是自言自语,后来有点自拉自唱了。

炳炎后来对王蒙说:"好多人说我乐观,也许。我永远忘不了比我大二十岁的老农、英雄、烈属对我说的一句话。他说:'你高高兴兴地等着吧,等着你干的活儿还多了去啦。'这话说得我一通百通,五内俱热。反正我相信一个字:活儿,你得干活儿,你得出活儿,你得做最好的活儿。觉悟不觉悟,高尚不高尚,拿活儿来!为了出活儿必须学习,为了学习必须把握住自己。人要出活儿,活儿能出人,活儿不冤枉人,也难糊弄人。你说什么都中听,就是没活儿,至少是活儿糙,你还老想着咬人下嘴。还有什么办法吗?这样的人不但出不了活儿,还专门嫉妒出活儿的人,他能能能能,还能能到哪里去呢?"

炳炎还说,他多次回忆吃臭鸡蛋那晚上,一再感慨系之。只要一想起,炳炎点点头,再叹上一口气,擦擦眼角的泪水,长啸浩然,豪情无限,风景如长卷,刚刚展开背篓种树爬山积肥,好活儿还在后头。方才开卷,已是光明灿烂,新意蓬勃,七彩美景,大胆挥洒涂抹、精心铺染、倾心观赏陶醉。再想想东平老哥的"有活儿论",他宣誓:要出活儿,来日方长,水滴石穿!记住,你做了好的活儿了,仍然是不够好的!你还要再努力!

十三　丢戒指

　　开头,生产队食堂办得热火朝天,吃一次馒头消息传到几十里地以外,三亲六友从几十里地外来到这里参加吃饭,最后食堂厨子与村干部,都没有吃上,盛况如嘉年华。一九五八年的城乡,开始时是天天过狂欢节提气。革命是被压迫者被剥削者的盛大节日,果然。食堂还炸过黍子大黄米黏糕,抹着山村特有的蜂蜜鼓劲。山民高度评价炸糕经饿耐饥,说是"炸糕八里地,白薯一溜屁",说是吃了炸糕,小跑八里地,吃了白薯(有的地方叫红薯),则只带来一串声响。当然,也是信口胡言。后来食堂的粮食变得有些紧张了,生活的热气仍然蒸蒸腾腾。

　　到了一九五九年年初,本峪的老旧大戏台,继头一年的京剧演出外,又放映了电影《徐秋影案件》,这个电影,不知为什么,无缘无故,钻脑乱心,也让施炳炎无厘头地不合逻辑地居然翻来覆去,咂摸不完。

　　影片留下的名言是,影片中角色女特务徐秋影氏日记上写的:"我是一颗不幸的种子,承受着不能发芽的痛苦。"这个生编硬拽的说辞,甚至让施炳炎也叹息少许,不无心酸,却又觉得不免装腔作态。到十一届三中全会之后,媒体上正式发表了《〈徐秋影案件〉沉冤大白记》,有关部门宣布:原说的该影片系根据东北某地一个真人真事改编,不对了。影片所表演的这个故事、这个女特务,是一场冤案,有个女子被怀疑是特务,但最后证明不是特务。冤案平反了也做了善后处理了,电影更不过是电影罢了。片子弄不好成了骗子?这些个最终都可以随风飘散。然而,你想不到的是,留给炳炎的难忘的感染与记忆,却是这个空穴来风的"案件"片子的最不重要的电影插曲。它是民族唱法歌唱家郭颂哥们儿独唱录音的东北民歌《丢戒指》,是影片场面中一家小面馆播放的娱乐顾客的闲笔闲情闲调闲曲儿,与特务不特务、人物不人物、徐秋影还是徐春阳、发过芽还是不能发芽,没有一毛钱的关系。想不到的是,一个小民歌,比一个有威慑力的大电影还动人。

炳炎闲哼闲唱《丢戒指》,游戏自娱数十年至九十岁。郭颂后来唱《乌苏里船歌》《货郎之歌》,誉满神州,比唱《丢戒指》更普及出名影响巨大,后来几个歌曲的内容题材也比丢一个破戒指意义大得多。唯论闲情逸致,随口开抡,不如《丢戒指》那么有哏儿,一不经意,感动了你。

郭颂唱京剧、大回落子、唐山驴皮影、二人转、单弦、大鼓,他是人民的歌手,他是党员,当过省歌舞团团长、中国文联委员与省音协副主席,还做过全国人大代表、全国政协委员。可惜的是他八十五岁就走了。快乐童年,如今一去不复返,往日朋友,如今离开了家园……

《丢戒指》有东北味儿,有儿化方言,有点俏,有点俗,有点逗哏儿,有点忽悠,有点打情骂俏。这个歌,唱起来像拉着长声,明白如白话,随随便便如闲唠嗑,下里巴人,男女老少,让"姐儿"搔一下你的痒痒肉儿。情郎给女子买了个一钱零三分的戒指,不是值钱的宝,丢了想找回来,捡到戒指送还,或给她找回戒指来的大哥、小弟、男生,她愿意报答,要什么礼物她都乐意,就是不能,不能与你拜天地儿!

喂,这是从何说起?不可能需要拜天地的,拜天地拜祖宗拜父母拜亲友拜鬼神拜日月,那就是隆重有加,光明正大,郑重守法,仪式端方,大张旗鼓,礼乐庄严,古道热肠,通报举世。到新世纪以后,所谓拜天地,那是由婚姻公司操持的炫富炫礼炫正经了,哏儿不可能出在拜天地上。有事有意外也绝对不是拜天拜地,有猫腻也只能潜规则、吃豆腐、占点小便宜罢了。丢戒指的女子凭空说出什么能或者不能与你拜天拜地的话，这是挑逗，这是调情，这至少是涉嫌"过线"的二人转、大楂子味道的撒欢儿，甚至是自轻自贱的村野耍笑小不溜儿地往邪道儿打轮儿了。

还有一个问题，没有交代得足够令人信服。唱词是"来一个呀，蜜蜂儿呀，蜇我的手心儿啊，甩手丢了，金戒指儿啊啊哈咿呀哈"，是戒指做得直径太大了吗？女孩子纤纤玉手，没有卡住金戒指？蜜蜂蜇手心，手一攥不结了？瞎甩个什么劲呢？还有蜜蜂蜇手心儿，听起来唱起来，怎么有点花心花情、游龙戏凤的淡黄嫌疑呢？东北的二人转啊，你们净琢磨什么了呢？

一个重要的美学艺术学题目，施炳炎想启发他的学生考虑论文选题时参考。《丢戒指》是什么性质的民歌儿呢？哈哈，如果大量民歌是情歌儿的话，《丢戒指》恰恰是反情歌，唱的不是姐儿与她的情郎，而是姐儿与她的可能出现的非情郎，是宣布自己的无情决心："就是不能拜天地儿"的，是让你警惕预防轻佻，实际显现了你姐儿的或有的轻佻趣味的民歌。这也证明非情歌反情歌正是情得不行情得不知道怎么吭吭哧哧的俏情歌儿啊！

有时候人说不清自己的记忆和忘却、流连和遗忘、兴趣和淡漠。六十年后，施炳炎念念不忘核桃少年，不忘背篓与跳绳，不忘此后王蒙才顾得上好好描写的大学士三少爷小小猴儿，不忘吴素秋的俏丽甘美嘎嘣脆的嗓音、步履与身段儿。中华民族的"身段"一词有多好，好过"身体"，更好过"三围"，好过"体形""体型"。身段儿是戏曲艺术的审美赞誉，属于中国人的人体美学范畴。身体是肌肉骨骼胸乳肚脐，三围体形体型的用语，有宠物与骡马大会的土鳖气息。不忘吴素秋前无古人，后少来者，大师送戏上山下乡跃进，也不忘后几年另一位名旦角儿赵燕侠参军入伍，当兵走在了"全国人民都要学解放军"的前列。同时本小说的主人公施教授他反复咀嚼的歌曲作品，我的亲爱的读者们啊，说不定你们认为本不应该是八竿子打不着的所谓非情歌《丢戒指》,以及在徐秋影假设伪托的女特务身旁,偶尔飞过并且无礼地咬了一口大姐儿的小蜜蜂儿。而应该是……到底应该是什么呢?

啊,施炳炎说:"我的美丽人生,我的努力奋斗,我的三面红旗,我的核桃树!舒伯特有菩提树,有三毛和齐豫的橄榄树,我们为什么没有一首核桃树歌曲呢?我的换一换的灵魂,我的小猴儿,我的民族歌唱大师,我的丢戒指的小姐姐儿,你们都因大核桃树而让我昼夜思念!"

王蒙摇了摇头,他说:"不是的,咱们有《泰山顶上一青松》啊,你忘了《沙家浜》?郭建光唱:'要学那泰山顶上一青松,挺然屹立傲苍穹,八千里风暴吹不倒,九千个雷霆也难轰。枝如铁,干如铜,崇高品德人称颂!'"

施炳炎连连点头称是,向王蒙伸起了大拇指,喝道:"然也。"二人都笑了。

这些都是怀念,都是往日情怀,而且不仅是忆旧,更是难分难舍的依恋。听过唱过民歌的人有福了。在火红的日子里,也有一些闲散的情影,有黄自的《花非花》,有贺绿汀的《清流》,郭兰英唱的《兰花花》,还有郭颂原唱的《丢戒指》。民歌,原生态,男高音,姐儿呀,花园中,傻傻的,媚媚的,甜甜的东北大姐儿啊,为了你们的健康美丽大方奔放,为了你们对拜天地的推托与向往,为了你们的半推半就、原态风流,为了你们的神州上品的身段、美容、体能、智力,半边天的霞光万道、幸福辉煌的人生之梦,我们要把戒指找回来,把美好找回来,把幸福找到家,把蜜蜂和情郎都找回来。全面小康,快乐吉祥!

十四　一抡三圈

炳炎向长友学爬树，长友则向炳炎学跳绳。作为年轻、专业，同时不无革命经历资格的炳炎，自幼痛感自己身体不够高大强壮，乃百倍地重视营养与体育锻炼，包括生活好了以后喝牛奶、吃鸡蛋、买熟食熏肝，做俯卧撑、仰卧起坐、引体向上、双杠、单杠、前后滚翻、老式"八段锦"，怒目攥拳增气力，左右开弓要射雕。

尤其是跳绳。他喜欢跳绳，简单明快，喜笑颜开，活泼蹬踔，响动连天。他得意的是双跳，即双脚同时高跳离地，两臂加速抡圆，抡得绳子嗡嗡作响，虎虎生风，手臂腿脚带动面孔脊背头颅颈腰臀同时发力，起跳一次，抡两圈绳子，风雨不透，堪称佳技。小长友学得很快，而且大胆发展了一步，在吃了蜂蜜炸黏糕以后，他试过几次起跳，高高跳起一回，落地之前，不是抡两圈，而是抡三圈，让绳子三次从脚下经过；脚丫子落地，再一抡，又三圈，跳两次。绳子喔儿喔儿喔儿喔儿喔儿喔儿如锐哨高响六圈，少年的成功率百分之五十五以上。炳炎反过来向长友学习，教学相长，山外有山，但是炳炎三圈跳的成功率只有百分之二十，这可真是青出于蓝而胜于蓝了。跳遍青山，风华正茂，风景这边独好。施大哥受到感动，在一年后调离大核桃树峪履新深造时，将强生体育用品公司出品的木柄弹力花纹黄麻绳两根，赠送给了长友小友。

炳炎下乡时候还加带了一根长些的集团跳跃用绳。它提供给两个人从两端抡绳，其他人可以单独，也可以排着队，还可以一次两三个最多达到过五人同时跳绳,又可以依次上场摇头摆尾接龙。他与长友合作抡绳,首先是村里的少年儿童,后来是青年男女,又后来几乎是除老年外的全民,普遍都会跑到他们这个游戏里蹦跶两下,边笑边唤边喘边哼哼嗷嗷,创造了大核桃树峪直至镇罗营农村新体育新游戏的崭新纪录,创造了自从盘古开天地、三皇五帝至于今、博大精深上下五千年中华文明史上的前所未有的山村朴素天成乐趣。又是时代体育。一九五八年本来唤起了多少新的期待、新的想象、新的生活、新的科学与艺术,尤其是新的发展社会学观念啊。

据说炳炎为此还被举报了一回,认为他认不清自己的身份,借助一两根绳子哗众取宠,别有用心。此说传到炳炎耳中后,他自然沮丧,三省吾身,四省五省六省,省了一星期再一星期。后来发现也还没有产生什么严重后果,也就随它去了。

上面说过,在这里劳动的下放干部,有的是为了培养与锻炼、提拔与重用,有的是他们所服务的大学里用不着他们,干脆趁机让他们下乡锻炼锻炼,一时贮存一下人力资源。另外还有七八个人,内含施炳炎,有问题,或者已经被定性,或者可能是处于定性的过程中,有的最后只能是挂起来。"挂"是一个含义广泛的好词儿,过去"挂"是说一个人既有问题有涉嫌却无证据又不想轻易放过,不好做出结论,便先挂在墙上或者钉子上,看上两三年,再取下来,或者留下,或者擦净,或者扔到河沟里去。到如今,炳炎兄鲐背鱼纹前后,突然明白,今挂不是昨挂,人死,照片挂起,乃曰挂。与政治运动后期的挂起来,大不相同。当今人们随便说"挂",把惨然的死亡之挂,说得油嘴滑舌,出现了幽默感。同时挂的幽默感也可能是一种优越感,视死如挂,比视死如归平静多了,比挂的悲剧感更要功夫。毕竟是北京人啊,闻挂而笑,并非易事。

挂是闭眼,挂是仙去,挂是剩下照片在墙上向你含笑,中看不中用了。挂是咯儿屁着凉,蹬腿儿合眼,呜呼哀哉,乃去听蝲蝲蛄墙根儿叫。然后,毕竟还有挂的尊严与受到的纪念、怀想、敬意,永远。

69

六十多年后,二十一世纪二十年代,回首往事,他更加想得明白,说这个话举报他跳绳的人,乃是他们这一批干干净净的下放干部中,或者说是本单位中,最窝囊的一位。身无长技,其貌不扬,工资太低,话也说不清楚,每次调整级别她都提不上去,不知哭了多少次了。据说有一次为没有够得上理想的级别,这位姐妹一晚上吃了七片氯丙咪嗪,然后电话告知人事处:"我可吃了那个什么什么了。"……只有等到猴年马月,搞起清理运动,在单位里,个把牛人,什么一官半职啦,什么业务骨干啦,什么红得发紫啦,他们恰好摊了一点什么麻烦的时候,她才得到一点响应、一点安慰,说话与咳嗽的声势也增大了些。想到这里,炳炎之心,怃然有戚戚焉。

数十年后,早已失联,她如在世,到不了鲐背也早过耄耋了,相逢一笑泯恩仇,他应该理解她,谁不是渐渐成长起来的?如已经仙逝,也祝她在另一个世界安息恬淡,宁静致远,长享冥福。

十五　猴儿三少

即使在跳不动绳的一段时期,长友仍然坚持与炳炎相好,向炳炎讨教,关于飞机,关于汽车,关于唐诗,关于曹操,关于鸦片战争,关于鲁迅,关于布尔什维克与孟什维克、联共与苏共、朝鲜与韩国、民主德国与柏林墙。长友出现在他的经验里,使炳炎感觉到了自己的过往经历与追求的存在与意义,感受到了知识与经验的尊严,感受到了对于世界的方方面面的趣味与好奇心。长友是大核桃树的灵性呢。

炳炎说,他找到一个机会,在完成自己劳动任务的同时,他也陪同长友放了会子羊,他同样惊异于长友的放羊本领。核桃少年简直是通禽言兽语,他似乎是秦国的第四代国君秦仲,也是《左传》上记载的东夷国少数民族能人葛卢,还有孔夫子的门徒公冶长,他们都能与鸟兽对谈发声交流。少年侯长友,放羊的时候,出一点奇特的声音,羊群就知道在多岔路口该选走上下左右哪条歧路、拐弯还是照直。歧路多亡羊,皆因羊语疏,自幼喜相知,百兽即良友,人生天地间,首要在抒述,养马比君子,马牛礼或殊,林鸟舞旧栖,飞雁鸣所欲。群羊亦喁喁,牧童好伴偶。

少年侯长友给多数羊只起了名字,一个叫黑黑,一个叫长毛,一个叫偏犄角,一个叫老虎,一个叫小豹,还有一个叫啃半坡,真能吃啰;此外有三儿、小二儿、小四儿,还有一只大羊叫吓死狼。所有的命名都有根据,所有的喊叫都高亢低回,长呼短应,情意有致,迷羊心窍,也迷炳炎的敬仰,劳动敬仰,农牧自惭,知识分子谦卑,叫做厮抬厮敬。

更惊人的是长友的石块抛掷技巧。有哪一只羊贪吃过度,脱离群体太远,咬群欺弱,长友捡起一块石子,顺手一送一投,警告老虎的绝对不会打上小豹,警诫三儿的绝对打不上二或四。炳炎感慨,不怪毛主席老是为贫下中农不平,毛主席深信,工农民众中蕴藏着不知多少大才奇才天才人才,一代一代地被剥削阶级压迫扼杀窒息取缔了。炳炎也想,为什么不能专为贫农孩子们召开个运动竞技大会呢?为什么外语大学里有英法俄德语系,农牧大学却不设马语羊语鹰语雁语研究专业呢?《参考消息》上登过,英国为了追究盗马贼,也要依靠通马语的人才嘛。

少年给炳炎讲了些本山村故事。最引人入胜的是他的一个本家叔叔,就是那位猴儿哥,大名侯家耀,比侯东平小十岁,长友管他叫二叔。在长友的祖爷爷那一辈,猴儿哥的祖爷爷祖奶奶从闹蝗虫的河南老家摸到了镇罗营大核桃树峪。用新词说,就是他们本是"盲目流入"此地,可以简称"盲流儿"。碰巧猴儿哥的祖奶奶娘家姓侯,就与长友的祖爷爷联认了宗亲。

奇异的是到了猴儿哥三十岁,也就是进入二十世纪五十年代时候,他养了一只小猴儿,经区县动物园鉴定,属珍稀的六神山直隶猕猴品类。动物园表示愿意庇荫此猴,猴儿哥不干,从此哥不离猴,猴不离哥。

哪儿来的一只猴儿呢?炳炎问。

长友说:"说的是呢。他说是他在山上找到的,猴儿妈妈猴儿爸爸被上游小堰涛的人抓走了,这只小猴儿居然脱逃。咱们这儿的说法是,咱们村的山上,猴子已经很少见了,但小堰涛那边的山上有猴子,那些猴子免不了到这边来,到核桃峰上来,到村里来,到家里来。说是有过几次几个猴儿夜间进入百姓院子,翻箱倒柜,掀缸进窖,爬竿上树,搜捡寻觅食物,玩耍物件,留下好些乖巧捣蛋的痕迹。百姓想抓住一个猴儿,根本没门儿,偶尔抓到一个,它也会转眼间金蝉脱壳,跑得无影无踪。像猴哥儿这样人与猴结伴,从来没有过的。"

最神奇的是,少年长友告诉施大哥说:"有一次猴儿哥二叔的猴,招引了两只下山过路的猴子,进了猴儿哥二叔院子,于是三只猴子一起嬉闹,加上猴儿哥二叔,干脆说是四只猴子也很适合。二婶子要轰它们,猴儿哥二叔不让。三只猴子互相帮助抓虱子,你捅我一下,我捏你一把,抓到虱子,生吞活剥,嘎吱一声,增加营养,解馋,唧唧嘎嘎,叫成或笑成一团。当天下午,猴儿哥二叔驯养的小猴子跟着另外两只山野猴子跑走了,全村人都笑话猴儿哥二叔的大撒把大松心弄丢了自己的爱猴儿。"

"施大哥,您信不信?五天以后,原来的小猴子,自己回来了。它离不开猴儿哥啦!"

炳炎称奇不已。

"好在是,后来呢,倒是没有人能说出猴儿哥二叔的这只小猴儿另有来历,也没见什么人到咱们村来搜寻猴子,也就没人管这个事儿了。反正二叔是个跟别人不一样的人,秉性根本就不一样。"

少年会用秉性一词,给炳炎留下了印象。

说是又后来,虽然名为合作社社员、人民公社社员,这位猴儿哥二叔经常还是盲流各地,包括城区,进家进户,进行耍猴游戏表演,敲锣打鼓、爬竿儿上树、钻圈儿倒立、骑自行车,甚至给猴子穿衣戴帽、戴眼镜框,叫什么来着?

"大哥你们懂得,沐猴而冠,猴儿哥二叔称猴儿为留洋大学士,小名三少爷。他这个名字起得好不好?他还真有两下子!"

炳炎啧啧,心说猴儿名起得好。漂亮!

炳炎又从村民多处听到猴儿哥养猴子的故事。最有趣的是,那只猴儿——留洋大学士、三少爷,最最精彩的节目是照镜子。猴儿哥身揣一枚小圆镜儿,小镜子一递三少,大学士三少爷便爱不释手,左照右看,兴趣油然而生,自恋不已。先是唧唧嘎嘎,急着与镜子里的同类交流情感,示好套磁拉拢,左手拿着镜子,右手东抓西挠,前伸后缩,急躁狂乱,猴态百出。猴儿哥解释说,三少爷见到镜中小猴,急于与之亲昵玩耍握手拉手亲热耍逗,但它并不懂得猴儿之像是镜子的反光,有影像却无实体,镜中猴与镜面的距离等于镜面与持镜者三少爷的距离,这样三少爷认定对面的猴儿的实体就在离它两倍于它与镜子的距离处。它伸出右"手",要从镜后抓住它的另一个自我,难矣哉!人都抓不定自我,何况猴儿乎?三少抓而抓不住,拉而拉不到,摸也摸不着,自觉丢了脸面,而猴子是天下最自鸣得意、自吹自擂、决不服输、决不退让的一种动物。这回三少爷只能是焦躁不解,因亲爱而亲近,因亲近而要接触按摸捅抓挠,硬是够不着,亲近不了,亲热不了,渐渐恼羞成怒,渐渐怒中生乱,乱搔乱抓乱胡噜,如指挥乐队,如盲人摸宝,如乱动症,如戏如狂。乱而产生了被戏弄被轻视被圈套被侮辱与被损害感。而看耍猴的人们,却是以人的经验认定三少爷是在自我欣赏、顾影自怜、手舞足蹈、自恋自苦、吟咏咕哝、如诗如魔、如梦如痴。多情本在己,无端错笑猴;戏猴为猴戏,观猴缘何忧?抓搔全然无,抓无思其有;有有即无无,无有无犹有。猕猴持镜子,烟士披里纯;五四新名词,印曼桀乃欣。粤语对英语,镜影非自身;群猴啧啧赞,三爷真高深!

炳炎爱思考,他竟从乡民们对三少照镜子的言语中想起《红娘》中红娘侍候莺莺照镜子,也是自恋自怜的场面。一个是自爱自怜,一个是似有似无;一个是疑惧痴迷,一个是相亲相爱,又实不敢相亲相爱;一个是天光乍见,一个是恍若身边,却同是知己多情,难见一面。

如此这般,乡民们说,猴儿哥小有收入,回村后猴儿哥给合作社缴纳部分现金,也就混搭下来了。

长友告诉炳炎,这里的人对猴子并无太大兴趣,除了猴哥叔,没有谁养猴子,养猴与养猫养狗养鸡养兔不一样,猴子不服人,不讨好人,最不听话。哪怕是仅仅为了饲喂食物,鸡和兔都知道追逐紧跟喂养它们的人,狗呀猫呀更是亲人近人讨人喜欢啦。猴太精了,猴对人是不服气的,它缺了吃喝,它会学你的办法去翻箱倒柜寻找摸索,而如果你得罪了它,它会成心气你。二叔说过,你讨厌猴子在屋里大便,三少爷干脆当着你的面把屎粑粑拉到它的手心里,然后,叭,它把粑粑扔到房顶棚上去了。

二叔他本人有点猴性,他是真喜欢那只猴子。

后来随着"不堵住资本主义的路,就迈不开社会主义的步"的提法铿锵响亮,经过农民四季社会主义教育与方向道路大辩论,猴儿哥在乡亲一致帮助控制下,用一周时间将大学士三少爷猴子送回原产地六神山,自己无比落魄地回到大核桃树峪。

不久前二叔出门住帐篷去挖大渠。他贪图省力与功效,在土方工程中先挖下三路的土石,等待着上层的土方自行崩塌下落。由于防范不周,预警偏迟,见事不明,在月前被头上塌陷的土石砸倒,不治身亡。

炳炎大惊,事已至此,没的可说。原来,原来,美丽的山河处处有奋斗者,包括有缺点的奋斗者与戏耍者的血迹。猴儿哥死了,炳炎还活得好好的。当初听说村里有人死在修筑大渠的工程中,他居然没有想到此人此事就出现在他身边,就在他喜欢的核桃少年的近亲之中。

冬闲以后小长友带着他,到猴儿哥二叔家走了一趟,对猴儿哥这位未见面的朋友的不幸遇难,唉声叹气,悼念了一回。人亡猴儿散,猴儿哥的妻室,带着孩子回娘家去了。院子里还有猴儿戏的设备道具,三个圈,一个架子,两根竹竿,使炳炎睹物思人,思猴儿思戏,平添伤感。小长友问:"大哥,您说那只猴儿在叔家养了那么多年,它回到六神山,活得了吗?"

炳炎不知道该怎么回答。

"我做了好多次梦了,您说,三少爷是不是给我托梦啊?它瘦瘦的,怕是山上吃不饱。它进了我家,我睡不醒,它叫我,我听不大见,听见了想起来,动不了窝儿。"

少年又说:"二叔猴儿哥那边的邻居孩子告诉我,他们也有人听

75

到了。半夜里,有三少爷啼哭的声音,有好几次啦,声音凄惨,三少爷找回到二叔家门口来了,又叫又哭又闹,后来走了,走远了以后还时不时地大叫几声。您说,猴儿也会哭吗?"

炳炎把少年搂到自己的怀里,他唉声叹气。平常村民们说起此人此事,提到猴儿,最多说什么猴儿哥与那个"猴子",或者说那个"三少",像长友这样正规地叫什么"二叔"与"三少爷",很少听到过。

"二叔不是个好庄稼人,爹提起他来就叹气。他爱唱、爱说、爱玩儿,他翻跟头、竖直溜、打把式,说话学各式人,他自己就像个大猴儿。他爱猴儿,为这个和我婶儿整天闹,婶子说他'你就和猴儿过一辈子吧'。唉……村里人喜欢他,更欢喜那个小猴儿。它可灵啦,爬树、耍戏,我在村里,我们在村里,有这么一位'三少爷',可美啦!"

十六　余响

一九六〇年赶上在省城家里过春节,炳炎与妻子一起回了一趟他已离别转场了的大核桃树峪。带上妻子到山区农村过年,是重温对劳动对境遇对生活现实的理想性与可能性的期待,爱农村、爱农民、爱大山、爱长河、爱考验与锻炼。爱是祝福,爱是奉献,爱更是享受,人生一世,最大的享受是爱与奉献。一个能够爱与奉献的人,他享受到的是怎样的幸福人生、幸福慰安、幸福甘甜!他享受到的人生,与一个只知道嘟嘟囔囔,只知道冤冤屈屈,只知道憋憋糗糗,只知道害人害己、嫉贤妒能、报黑材料,偏偏还自命了不得的人生,是怎样的不同啊。

他祝愿乡亲生活美好,他知道万物皆有其理,存在即是合理,同时也就说明了另一面,等于是启示他:失理物象难存以长久。"现实的就是合理的",这同时告诉你的是"不合理的东西是不现实的",是站不住的,是即将消失淘汰遗忘的。这样,无疑你也就从心眼儿里盼望能看到对于困难阶段的跨越,相信不那么合理的一些存在,不可能长期坚持下去。他当然相信什么博得了应该合情合理,也相信渐变与飞跃。他相信生产生活永远会塑造更新与发展的愿景。

两年后再回一趟开始新体会的地方,他愿意汲取和开拓,一再反刍,一再耕耘,一再云开日出,一再从头做起。回忆也是享受,温习也就是温暖的学习反思。也许更具体地说,再次回峪,他是想念核桃少年侯长友和他老爹抗日老英雄抗美援朝烈士家属侯东平。他心悦诚服，人要培育自己爱河山、爱人民、爱劳动、爱科学、爱护公共财物。人一帆风顺的时候要享受满足，非顺遂时日更要寻找黄金不换的独得之秘、独得之乐、独感独惜之光与热。那么，请问，什么是幸福呢？反正不是金钱，人民革命的最直接明快的启示就是金钱带来罪恶和报应。声色之欢？口腹之欲？名誉地位？自吹自擂？活腻了的人才是一心升官儿发财。艰难、困窘、隔膜、混乱，同时从中看到了曙光，听到了欢乐，感到了新鲜，欣赏到了咬紧牙关的美，品到了挑战的丰腴，探索了教训的深刻，提升了迎接考验的坚强与智慧，满足于惊叹于河山壮丽，山重水复疑无路，柳暗花明又一山，又一河，又一村，又一人。炳炎刻骨铭心地理解了百善之中刻苦为最，悲亦美，学为良谋，乐为光辉，脚踏实地地干活，正是百灾千病的解药。幸福还在于妻子对他的这一套三观同样深信不疑。

春节进村"探亲"，火车那一段，炳炎买的是软席座位车票，短程行车，多花不到十块钱。他们是怀着静静的欢愉心情前去的。对于当年这样的一对夫妻来说，到访炳炎因犯了"错误"而努力去过的山区小村落，坐软席，这难道涉嫌奢侈狂妄？涉嫌脱离常轨？不好意思。人生得意须尽欢，小有挫折亦陶然。脉脉陶陶子不语，说说笑笑几十年！功名三十尘如土，愧疚聊添狂与狷。岩洞晴川景历历，白云险壑车翩翩。乡情未了核桃树，心愿难平碧水涧。别后重游山岭秀，植林暴雨乐犹酣。

下软席车厢后他们夫妻等到了郊区公交车，车上炳炎吹嘘着自己首次来此时候的雄伟行军，倒像是参加过长征一样。他个人当然有过失与羞耻，却更有大的阳光明媚永葆，砸而不烂，遮而不暗，推而不倒，依然好汉。老子讲"知其白，守其黑，知其荣，守其辱"，很棒。但是也不妨想想，知其黑、守其白，还有坚忍下来的知其辱，守其荣，乐其成，求其明，终将露其光芒而亮其珠玉，不亦妙哉？

他向妻吹嘘着头两年市区商业员工在这里大兵团会战的情景，享受着新修好的路况大好的盘山砂石国家二级公路，怀念着他背着行李健步行经这里时的催人奋进的热闹与醉人心智的混杂。突然一阵他没有说话,心有旁骛,走了神。妻子问他,他问妻听到施工哨子声了没有,妻子说没有,只有风声还有长途公交车的声响。炳炎坚持说,他恍惚听到了哨子,是一年半前大会战哨子声余响,客心喜水响,余响入山峰,口哨声声喜,欢歌在在红。一年前这里是多么红火啊,现在公路修好,劳动大兵团不见了,令人怀旧。固一阵之雄也,而今安在哉?人生总要有些大场面,不能抠抠唆唆,不能只计算功利。大场面一年了,仍觉余音绕梁,五百天不绝,八百天不知肉味,孔圣人早说了。全国吹哨,全民吹哨,呜呜呜呜;全军吹哨,全山吹哨,伸延长远;热情伸展,比赛伸延,拼命伸长,口哨回响,在此地彼时此起彼伏。

哨声搅动了炳炎的心,这时又出现了另一种呜呜呜呜,如泣如诉,使炳炎一惊。士可杀不可辱,气可鼓不可泄,活可干、可完成、可胜利、可越干越把式,不可怵、不可厌、不可半途而废,命可扭、可战斗、可拔河、可转型、可跳槽、可掰腕子,唯不可顾影自怜、自我欣赏、自我依恋、卖俏卖单儿。"卖单儿"是说孤家寡人,孤高自傲,酸不溜丢,与改革开放以后传开来的粤语埋单结账做东不是一回事。

"留连戏蝶时时舞,自在娇莺恰恰啼",其实,杜甫的诗意活泼天真,偏偏此时,恰恰此时此地,恰恰既是一个象声词也是副词,既是机遇也是娇美,流露了那么多由衷的自在欢喜,江山多娇,万物多媚。万物都有响动,无声也是声音。炳炎更念起了与这山区同时出现在他的耳鼓里他的人生里的那哨子,嘟儿嘟儿哗儿哗儿,他在这道山里首次听到了满天的哨子。

所有的哨子,都吹起来吧!

人生,吹哨,不要怕人催你。没有催促的人生有怠惰和腐败的危险。

"你总是这样的。"妻笑了。

炳炎也大笑了。

一进券门就与见到的所有男女老少打招呼问安拜年祝福,然后到了侯积肥队长家门,发现那儿围着一群孩子。再向前走一步,炳炎大惊,原来是少年侯长友,坐在门口一个特意修筑、供人闲坐卖单儿的灰泥墩子上,长友的肩膀上是一只瑟瑟发抖的猴儿。

"大哥!"长友兴奋起立,小猴儿一跃而下,出了点声音。

有快乐也有艰难,有诉说也有劝慰,有嬉笑也有叹息。来了,走了,又回来了,这对于炳炎与侯氏父子都是非同一般、意味深长的,都是盛年盛世盛事,是告别也是重逢。他们的欢娱中时有泪花沁出,他们的说笑中也时时透露着时艰。他们吃了许多甘美的山药,这里将土豆叫做山药;他们吃了用榆皮面与棒子面混合制作的饸饹,他们用春天晒干留下的榆树嫩叶佐拌着小米与山药焖了干饭,他们还喝到了一点猪油葱花又滴了酱油的清汤。大学士三少爷与他们同餐,跳过来跑过去,兴奋地乱哼哼喔喔,完全将自己视为此家庭的一名要员。长友当着炳炎夫妻的面引领三少做了猴儿照镜子的表演,其意高深,其乐无穷,抓前抓后,扑东扑西,清晰空洞,亲热熟悉,无中生有,有终无迹。炳炎甚至从三少身上联想到了自己的童年,三少爷的认知能力确实与炳炎三四岁到七八岁时差不多。对于幼儿来说,最迷人、最奇妙、最高端的科技神器莫过于小圆镜子,手拿一个小镜子,转动不已,寻找光源,用各种角度反射光源,打光追光,以光为神妙利器,照人照己,闪速寻踪,捕捉恐吓,陡然伸缩,不住凝聚,这是天真年代的激光武器、射光与追光武器。镜子的反光是炳炎童年最神往的神力。炳炎儿时不就是一只小猴吗?他的感悟与小猴又有什么不同呢?猴儿般精明快乐,快乐离不开淘气,山脊狩猎离不开活力。它的活泼的眼神里,含有多少精微的运筹啊。长友哄着三少,笑一回,含泪一回,告诉炳炎说:"明儿早上我得送它上山,我们自己还不够,我们不可能供养它更多了……"

"明白。那动物园呢?"

"动物园也正在淘汰老弱病残……我两个月前去看了王区长……王区长说了。"侯东平队长说。

"您还在积肥？"

"今非昔比了。你们老几位是积肥的骨干,老几位一走,积肥队冷冷清清的喽。城里人来得多,当初那个粪劲大啊！现在的粪也太薄,屙到地上,风一吹,只剩下了干片片和碎渣渣,再一阵风,吗都没留下……连灰儿也留不下啊。"

不好再多说了。烧热土炕,头半夜出汗,后半夜冷得哆嗦,睡了一宿。第二天早上喝了一碗玉米楂子红薯粥,炳炎夫妇强硬留下二斤粮票,急着赶路回城区。

长友带着三少爷将客人送到路口,路上三少显出浮躁不安的模样,同时不停地出声。炳炎突然悟了,三少爷是猴儿里的"小资产阶级",或者,小资产阶级是社会变革突飞猛进大潮大浪中的"猴儿"。三少爷的动作有些急躁,三少爷的神态有些失准,三少爷声音里有催促,有难受,更有哀求,也有愤愤不平,怨怼超猴。三少的表现相当于人类从磨叽牢骚黏糊酸水求情求饶,发展到了意欲铤而走险,时而龇牙咬啮,意在威胁。长友说:"我已经与三少谈了一宿啦,我不敢留下它,现在这里没有二叔猴儿哥了,我也养不住它……我只能天寒地冻里将三少爷送回高山大核桃树一带。"说着,长友哭了。

十七　猴精

　　炳炎也想哭，然后破涕为笑。他毕竟已经经受了一些磨炼启蒙了，他知道人不能忒娇滴滴、细嫩嫩、软疲疲(piā piā)。不管科学生物学，对人到底是猴子变的还是海豹海豚变的，还是自来如此，并不是什么其他物种变的……不管科学家说了什么，人还是觉得与猴儿贴近。比与水生哺乳动物贴近。与任何卵生大鱼或猛禽大鸟相比，哪怕只凭直觉，感到的是，咱更与猴儿类似、同路。人当然应该爱惜猴儿，心疼猴儿，民胞物与，应该包括民胞猴与。人大多喜欢猴儿，与猴儿相处相亲相游戏。但人也有硬是顾不上猴儿、顾不上爱惜与心疼猴儿的时候。

　　当然心不应该冷酷，他看过民主德国影片《冷酷的心》，他早就会唱爱唱影片插曲德意志民歌："有花名勿忘我，开满蓝色花朵，愿你佩戴于身，长思念我。"但他只能祝三少到高山的冰雪里做到奋斗自强，野生独立，自己闯荡，自谋生路。猴子不应该以被驯养被娇惯被喂饲为本性，以被套脖颈被指挥戏耍为生计，猴子只能靠身"手"矫健、动作闪电、绝壁攀援、绝处逢生、闪转腾挪、攀枝跳杈、博采众果为生计。猴子应该既能躲避毒蛇猛兽，又能寻找醴泉灵芝仙桃浆果，享受自己的神奇岁月，天堂胜景，聪明伶俐，麻利快捷。

　　炳炎向少年长友摆摆手，示意他不可多情误猴儿。想不到的是，猴儿似乎门儿清于人类手势，它向炳炎突然一声怒吼，噢噢呕呕呜呜，面孔上显出了威吓的表情，两眼瞪大得吓人，脸上的纹络抖动抽搔,前腿摇摇抓抓,然后跳得高高地打了一个响鼻,把嚏喷泡沫喷到了炳炎脸上。

少年厉声申斥,猴儿做恐惧与怔傻状,然后连连向长友打躬,只是仍然不看炳炎一眼。

有什么办法呢?你有疼不起猴儿的时候。你有帮不了忙、挟持不住的时候。

猴儿也有经受不住宠爱,终于令喜欢它的人不想再喜欢下去的情形。与长友分手后,炳炎与妻在车站等了四十多分钟才上了车。其间多次传来猴儿叫声,与哼哼磨叽不同,与抗议威吓也不同,更多的是一声声诅咒与哀求。嗡嗡哞哞呋呋,渐行渐远,似有似无。

兹后数十年炳炎多次回忆起猴儿的叫声。直到七八十岁了,炳炎对各种声响乐器有了更多的经验体察了,他不无勉强地想用古代简朴温厚的陶制原始乐器埙的闭口吹奏声音来比拟猴儿鸣叫。当然猴儿鸣叫的声调频率比埙声要高八度或十六度,但至少,埙的感人在于它吹奏起来,几分沉闷,几分苍凉,几分纯素,外加几分封闭,自己出场,再自己把它压制下去;而猴儿鸣的声音时而高亢调皮捣蛋,乃至还出现些哄闹感、挑战感、为出声而出声的形式主义与争吵感。但音质上它们还是与埙太相近了。当古埙的沉稳变成了抖小机灵,当陶埙的深情倾诉变成了化悲为喜的发泄开心显摆,飘忽闪烁、无呆无滞、无影无痕,就成了山中猕猴的咏叹调呐喊喽!嗯嗯。

炳炎在大核桃峪山中的一年,如此这般,结束尾声,化作往事,他念念不忘。事后找补,他梦见过爬树,梦见过侯长友和他老爹,梦见过券门和戏台,更梦见了一只又一只小猴子。不论怎样咬牙切齿,其实对猴子的命运他也不太放得下心。堂堂大学士三少爷啊,你该怎么办呢?

猴子也给炳炎留下深刻的印象。他此生大概就这一次机会了,与猴儿近距离同室相处二十小时。无论他如何告诫自己不必软弱多情,他还是常常琢磨三少的形象与性格。它的脸像一个倒置的烟台软香梨,是山东莱阳梨与美国软梨杂交形成的品种。而猴儿的两只大杏核眼,光彩灵动,圆周饱满,而两端眼角尖尖,戳心。它的头部猴毛似乎经过了发型师的精心修剪,比任何艺术家梳理的大背头都更帅气顺当骄傲自得,潇洒随性浪漫。它的前胸与大腿呈灰白色,它的比腿还长还粗壮的上臂前部、后背与两只小腿,长毛接近于栗色。一个眼睛,一个四肢,一个嘴,全都天造地就,随心所欲,自由自在,活动自如。尤其是它的鼻子下边,上唇正中的凹沟沟,在人类这里叫做"人中",叫做"沟洫"或者"寿堂"的部位,那里是又长又深又大又伸缩灵活无比的一道深沟。猴子的神态,绝不称臣,从不言败,意识流动,主意万千,瞬息百变;而又转眼健忘,突然发坏,随时恶作剧,机智抖灵,意在表现,活出自我,无忧无憾。

最主要的是,施炳炎想起了也明白了猴子与其他宠物不同,它们不怕人,它们一般不攻击不敌视不警惕人,它们也绝对不服人不巴结人不讨好于人,它们要的是自由自在自如自安自玩自闹。甚至它们在人前有几分自傲,它们想与人类比试比试,想调侃人,想戏耍人,猴子才是自傲高"人"一等。三少在长友家,摸这个动那个,披衣服戴帽子,舀水捅灶,实是华而不实,浮漂而绝不沉潜,又绝不呆滞绝不自囿,三少爷聪敏绝顶,活性无限。

炳炎上纲上线,劝诫自己不必酸文小醋,却又长久地如喜似悲,难以释然。

十八　面对

想不到的是春节假日夫妻二人去山村给乡亲拜年的事，还引发了师友忠告。有一位受到炳炎尊敬与爱戴的领导，他是炳炎的入党介绍人，是地下时期负责"带"他的老顾。地下党的工作在国民党统治区只能单线联系，领导称"带"。顾同志发展了施同志，顾同志指令施同志的工作，叫做顾同志带施同志。其实，在省城解放以后，他才更名老顾。真正带他的时候顾同志被叫做鲁文华。炳炎的领导人更改过两次，从周促强到老李，又从老李转到了老鲁。解放前夕，正式将炳炎编入所在大学的一个党支部。解放后地下党员公开，炳炎知道了他上学的小小一个外语学院，有党员二十九人，党的外围组织"民主青年联盟""民主青年同盟""中国青年激进社"成员三十六人，平行支部三个。平行支部的组织方法加强了地下党的抗破坏能力。敌人破获了你一个支部，另外还有两个支部在抗争在活动在扩展。破坏了又一个支部，还有第三个，并且第四个支部正在倏忽新建起来。只要革命的心思在，党员和支部生生不已。胜利不是偶然的，不服也得服！

在炳炎遭遇了一九五七、一九五八两年不测以后，他得到了老顾的关心、爱护、提醒，他当然心存感激。这个春节他去完了大核桃树峪，次日去了老顾家。此前，老顾反复给他讲过要有敌情观念，要有阶级斗争意识，要正确对待组织或者他人对自己的批评与追究，要在任何时候经得起考验。但是此次听说炳炎与妻去了山村时，老顾立刻指出:"干什么带你爱人去?"

施炳炎抬起了头,他仍然麻木不仁。

老顾的夫人马上反驳老顾:"这有什么不好?小施去山村下放并不是被迫,过年都忘不了山村老乡,说明他爱他们,他永远念想着他们,他对咱们的山、咱们的土地、咱们的人民有感情,对人民公社和生产大队有感情。亏你还在那个山区当过书记,你怎么这样说话?"

老顾从来不与长期在报社工作的老伴争论。他轻轻叹了一口气:"我只是说要面对现实,要注意小刘的处境。"

面对是什么意思呢?他施炳炎不肯面对的是什么呢?他没有觉得眼前有灾祸险情、刀山火海,更不认为他的不面对、他的不可救药的乐观主义会殃及爱人小刘。即使有虎狼陷阱,有难以预料的艰险,他仍然阳光明媚,鲜花盛开,充满希望,跨越愚蠢与悲伤,这样不好吗?

这个话题没有再谈下去,但是炳炎觉得心里堵了一团棉花,甚至是堵了一块抹布。

高兴的是老顾也熟悉大核桃树峪的侯队长,与炳炎说起了当年的北青山游击队,说到了核桃少年。他说:"我知道这个孩子。这个孩子不是他们的亲生……究竟是从哪儿来的,我记不清楚了,村里人的说法也不一样。孩子很好,我们不想给孩子增加思想负担,全村全镇都知道抗日英雄侯东平,也都知道他的小儿子,叫什么来着?长友?核桃少年?你起的名字?他就是侯东平的儿子,他当然是侯东平的儿子。侯东平已经有两个儿子了,还过继儿子干什么?当然。你说什么,还有一个耍猴的猴儿哥是的,我也听说过他,耍猴不是长久之计,他没有听我的,我也没有坚持。《中国农村的社会主义高潮》,毛主席的书编出来了,鸡毛也要上天,穷棒子也要大展宏图。具体的路子怎么走,嗯,还要好好摸索。"

炳炎给老领导留下了一些山村的土产:核桃、枣、干野菜木兰芽、一把扫炕笤帚、一个荆条篮子,还有一小袋干榆子、六个农家鸡蛋,这在当时已经算是极其珍贵了。

老顾是一位英俊的男子,他的长相很像一位从老根据地进入省城的著名话剧演员。只是说起话来,他时时在考虑,显得教条而且官气。其实他是一心为眼前处境不妙的炳炎着想,一举一动、一言一行,不要留下任何可能被误解被恶意解说的余地,不要有引人找上麻烦的破绽。

有一个被炳炎深恶痛绝、誓不两立的词儿:"官场"。列宁在《国家与革命》一书中,特别强调发挥了马、恩两人关于打碎资产阶级国家机器的理论,难道仍然摆脱不了"官场"这样一个陈旧腐烂的说法与观念吗?

老顾又说到,土改当中,少年猴儿哥犯过错误。错误?什么错误?老顾又不想多说了。这也是"面对现实"吗?是不是有些时候现实也或许可以搁一搁摆一摆呢?老领导面对他的"新"现实,欲说还休,那么炳炎也就该识相些了。

离开的时候,炳炎感到了温暖,也似乎有些陌生的凉爽从后脊背上往外渗冒,他忽然哆嗦了一下。怎么了?老顾问。

晚上他紧紧地拥抱了妻子,妻的身体、妻的话语与声音、妻的含泪的目光与含苦的笑容,仍然是温热的、柔和的与百般体贴的。幸福,他想起这两个字,这两个字他常常在苏联文学作品中读到。老中国的说法是福、福气、福祉、福分。他想不清楚了,一个"幸",三生有幸,幸甚至哉,幸亏幸好;一个"福",福大命大、福星高照、五福临门,如此老掉牙的酱缸文化词语,怎么结合起来成为"幸福",在以后,成了一个崭新的名词,而且带有苏联社会主义味道呢?卓娅在走上断头台的时候说的不是"为了人民而献身,这是幸福"吗?

为这一句话,施炳炎、王蒙等人,流了多少热泪!

炳炎曾经沉醉在苏联作家巴甫连科的小说《幸福》里。六十年后,他仍然能背诵《幸福》里对伏罗巴耶夫上校与列娜的感情波流,特别是对列娜的人生体悟的描写。那是幸福的文学化、哲学化、诗学

87

化。当然,六十年后,苏联解体,他也知道了臭名昭著的告密者巴甫连科的恶行与恶德。这一切让他说什么呢?中国人,中国党史,中国革命与中国改革、开放和发展,还是幸福得多了。是吗?

回家以后,想起这些,炳炎心里有点烦乱。他会烦乱,然后,以同样的思路,他使烦乱得到了相当的安慰与解脱。

十九　梦猴

　　施炳炎告诉王蒙,看望老顾的这天夜晚,他做了一大堆梦。好在是没再梦到去山村过年的事,他梦的只限于满山噢噢吼吼、蹿蹿跳跳的三少爷小猴子。猴子就是猴子,离开了大核桃树峪的环境,离开了滥用窍门挖土方致死的猴儿哥,离开了可爱的长友少年,它们仍然在梦中猴性十足,欢蹦乱跳。他梦里看到了三少一个特大的猴脸:闪烁的大而圆的发光的猴眼,精雕的面部肌肉的乱动与从而形成的莫测的表情变幻,尖尖猴腮,努过来噘过去的大弧度大线条猴嘴,开开合合,发出声音。莫非是此猴在朗诵、在歌唱、在倾诉？在讲演？自得其乐,其乐无穷,天趣弥天。

　　炳炎在梦中发现,一只猴子面孔五官形状配置的自控千变万化、奇葩迭现的表现表达表演能力,超过了人,超过了人类中的超级演出巨星。

　　他感谢三少爷,三少爷的角色突然闯入他的生活,无所谓正误、无所谓是非、无所谓责任与后果,三少角色的非重要非确定性给他的生活带来了一种放松与相对感,给严正的争辩带来了庄周的齐物论。齐物论,在上海就是捣糨糊,在北京的建筑工人中就是"齐不齐,一把泥"。无论如何,与三少一道,他没有压力,没有感叹,没有期盼,也没有失望与焦灼。三少爷给他的严峻遭遇搅了局、打了岔,不能不说这对于他当时的不无较劲的神经质,恰如服用了两片镇静与安慰的艾司唑仑——舒乐安定,那是抗焦虑、抗紧张、抗恐惧及抗癫痫和惊厥的药物。又像是喝了一杯忘川奇茶,使他忘掉了许多烦恼。

也许更重要的是他梦中响起来的音乐。民族器乐,叫民乐,到了中国台湾,叫国乐;到了中国香港,叫中乐;到了东南亚,叫华乐。敲着梆子,拉着充满下滑音的高胡京胡,吹着唢呐,活泼欢快,越听越有味,越听越熟悉,越听越感动。这是个什么曲儿呢?他明明会唱会哼哼会吹奏,也会弹上洋琴的哟,明明是他的拿手好曲子哟,他怎么想不起来了呢?他真的犯傻了吗?他有点小糊涂了吗?他受了点小小的挫折,挫折引起了小小的刺激。然后,他不但不会演奏、不会歌唱,甚至也不会听听欣赏欣赏这个他最喜爱的小曲儿了吗?

但是你应该冷峻,你不能不冷峻些。你干脆应该凉一凉。你碰到了一些事情,你不必天崩地裂,不可终日,又不能玩世不恭,若无其事。中国很难,中国人很难,中国的养猴友猴者很难,中国的猫狗猴马松鼠也不容易。历史感天地,万物泣鬼神,造就了难以计数的贤能圣徒,造就了大智大勇、大德大才、大牺牲大贡献,也有大真大伪、大奸大忠、大起大落、大喜大悲。男儿有泪不再弹,只因越过了伤心处。

你不可以娇娇嫩嫩,你不可以袅袅婷婷,你更不可以泪眼惺忪,悲悲切切。什么谁谁谁的心太软太懒太粘太涩太酸太慢太款太面,都先忘一忘放一放,放到一边去吧。

你该有些挫折,你总该有些碰壁,你应该跌两跤,你必须千锤百炼,哪怕碰上了头破血流。你可以一跤跌到爪哇,另一跤跌到吞噬了不少船与人的百慕大三角区。作为一个男人,你不能只学太极,更不能时不时地挑一下莲花指。你总该练练拳脚、搏击、柔道、跆拳道、拼刺刀,还要有金钟罩、铁布衫,要有刀枪不入、手劈八层砖的内功。你你你总该知道生活有时细腻,但也很粗犷,战斗本来勇敢,但也有时候不无残酷。

你醒来以后,突然明白,民乐国乐中乐华乐演奏的是青海"花儿"啊,是青海"少年",在青海男青年唱的山歌情歌民歌叫做"少年",女孩子唱的山歌情歌民歌叫做"花儿",而最美最动情最普及最

流行的便是花儿亦是少年的男女青年对唱的歌儿题名,是在新中国家喻户晓的《花儿与少年》,也是王洛宾整理记录下来的:

(合)凤凰山的(个)山头呀冲破了天,
一眼呀(哪个)望不尽的是草原,
草原上的牡丹闹春天呀,
春天的牡丹惹了少年。
(女)少年人看上了红牡丹呀,
(男)红牡丹爱上了少年。
(合)少年人看上了红牡丹呀,
红牡丹爱上了少年。
哎……嗨……吆……少年爱上了红牡丹……

我们的生活永远是快乐的,嗨,我的花儿与少年!
我们的山乡永远是快乐的,嗨,我的猴儿与少年!
嗨,美丽的花儿,英武的少年!
嗨,机敏的猴儿,善良的少年!

后来,后来的后来,再后来,那么多后来变成了从前,变成了往事,变成了故人回首,变成了似水流年,往事略可回忆,月如钩。清者自清,浊者自浊,水东流。仰不愧天,内不愧心,忆不愧宏伟岁月,你可以含笑清爽,洗涤干净。人晚年以后,耄耋到了鲐背以后,你也可以问自己,我记忆中的那些屌丝炒韭菜是是非非,何不顺水推舟,一忘了之? 记账非君子,情缠不丈夫! 花儿与猴儿,少年大丈夫!

二十　远方

　　一九五七年、一九五八年,一声声惊雷暴风以后是九年的浓云密布:山雨欲来风满楼,狂飙恁起荡浮舟。忧患元元多教训,有声有色误珍馐。预判、设防、预见、预应,大风、大浪、睡在身边的定时炸弹、卫星上天、红旗变色、变修、糖衣炮弹、地、富、反、坏、帝、修、反、披着羊皮的豺狼、挂羊头卖狗肉……科学的、浪漫的、史无前例的、振奋的,革命加拼命,百战无不胜。翻天覆地慨而慷,除暴方得安众良,亮剑乾坤多征战,歌吟四海震八方。

　　而另一方面是走向大解放、大开阔、大开眼界,实事求是,通向的是新的摸索寻觅。"亦余心之所善兮,虽九死其犹未悔。""上去那个高噢呀号山,望昂杭平呀川,平嗯那个川唉含汗上有一朵,呵喝牡胡丹唉含暗,看支(去)容易啊卡哈,接(摘)下难,摘不到手,也是枉昂杭哼然哩。"

　　施炳炎想起了另一朵青海"花儿"来了,而且他越想越明白,花儿也罢,少年也罢,整个青海民歌又干脆统称花儿。花儿的过门与发声太像回族小调了,回族自称应该是东干东岗,偏偏青海花儿又不局限于青海。多么美丽,视觉与嗅觉的花儿,正是听觉中的民间情歌的高唱入云,情歌永远情永远,少年可爱爱久长,追求牡丹红艳艳,牵手猴儿喜欢欢。

　　在年轻时候,施炳炎向往着远方的牡丹,他憧憬着苦恋着勾画着远方的风景。雪山、沙漠,大楼摩天,海洋浩渺,巨轮白浪;英勇如杨靖宇、黄继光,美妙如白雪公主或者灰姑娘,热情如兰花花。生活在你的手心里,更在霞光万里的远方。当真?当真。果然?果然。几十年的动荡,他正好远方去也!

恋也花儿,慕也少年;戏也猴儿,唱也牡丹;壮也高原,媚也江南。银白天山雪冠,小粒咖啡海南;走南闯北真不善,东跑西颠又何难;到处风光等你去,到处活计待你干。三生有幸,四世同欢。还有什么叽叽,还有什么遗憾;还有什么嘀咕,还有什么不安然?

你去了这里,又去了那里;你去了必须,还去了偶然。东南西北,上下左右;内外海洋,沙漠高山。哪里都可爱,哪里都有缘;哪里都诚恳,哪里都随缘!不但有风光,血战和苦恋;轻松与沉重,学问与卡片。信念和智慧,生死皆攸关;测试与填补,汉瓦摞秦砖。这是什么样的天启?什么样的新奇?一眼望不尽的是军舰还是白帆?是概率还是博弈?是赌一把还是优选?炳炎搭上了逆风十一级,特别快车快艇,走上了前无可能、后无方便、没有旗语也没有画线,敞开了的大道边,更像空空世界、大大海洋、茫茫草原。一切从头学起,仍然是快马加鞭,跑遍青山人未老,风景一个更比一个艳,是一个又一个前无所拟、后无所比的彩页鸿篇!

施炳炎去到了最寒冷的地方,行行复行行,遥遥再别离;零下四十摄氏度,寒辣如火炽。处处埋忠骨,家园未敢滞;新地新眼界,男儿何所惧!

零下四十多摄氏度,你知道吗?妙在脸孔耳鼻手指尖接触到户外的冷风,感到的将不是冰凉,而是火烧,火一样的灼燎酸麻,甚至是辣椒面扬撒与大片集合梅花针齐扎,尖利与刺痛,同时是吸入冷气贴上冰花的振奋与超等清凉干净、苏醒明爽。不冷固不静,不静则发烧;凉快再凉快,冷清也飘飘。

他遇到过暴雪,十几分钟后看不见路面,汽车走在路上却又觉得会随时跌入峡谷,陷入近远高下皆茫茫的雪野。他想起一个词,叫做粉身碎骨,这是革命的誓词,这是革命者的向往。而司机师傅轻轻踩一下刹车,一轮打滑,一轮胡转,汽车独舞,疯魔,旋转一百度,直至三百六十度,惊险绝伦,心惊肉跳。

有时是真,真得要死;有时是梦,梦得要醉。他在三十五岁到近五十岁的岁月里,多次梦见自己从雪峰一脚踩空倒翻滚坠落,悬空失重,忽而又跌跌撞撞,从银白处落到黢黑,从顶峰落到谷底,从风里跌到雪里,从一个大活人落到无语无知无形无影无迹无穷无尽田地。他想喊救命,却因为颅腔与口腔的缺乏活性,硬是闹不出动静。最后又总是逢凶化吉,遇难呈祥,大呼一声,痛而又快!

他见到过绝寒处的公厕,排泄物实时冻结,规模如冰原丘陵山脉。他在冻土上抡过洋镐,铁尖冒火星,土星四射,土星进入口腔齿缝。而人与牲畜,在寒风中,说话也罢,嘶鸣也罢,都像旧式机车一样地大口喷着白雾,个个眉毛胡子口角上都堆积着雪霜,像是上了动画,像是洋人宗教里的圣诞老人。

他也去了最炎热的地方,四十七摄氏度,仍然赶不上日后去访问过的印度新德里。天地之间曰风,风吹起来如理发结束时候,塑发型用的电热吹风。晚上睡在山头,月星之下凉风习习,热蒸气中有寒,寒中有火,火冒凉气阴虚,身有大哉之赞,有小哉之卑,加惭愧之自哀,有后半夜接连之喷嚏,天幕越发低垂,群星准备下落,下凡人间。你的喷嚏保护了你,野兔、獾、松鼠、田鼠、狐狸与从你身边走过的雪山银狐白狼,都极度怕人的喷嚏。紧张的、神经质的、非自控的、引爆式、雷雨交加的大嚏喷一打,威风凛凛,小崽子小爬虫它们吓坏了,它们狼狈,它们自惭形秽,落荒而逃。

他见过旱干的龟裂、淫雨的连绵,千家万户房顶子漏雨、落泥巴,噼里啪啦、扑扑哧哧;还有大漠的龙卷风,大风起兮牛飞扬,大雪飘摇兮门户不可开张,龙卷风兮黄沙卷作参天巨柱,沙石矗立兮戈壁茫茫。然后龙卷风盘旋宇宙,旋转在建筑物之间,冲打出鬼哭狼嚎、尖声怪响。

曾遇树枝树叶升空乱飞,树根被大风拔起,居民的房门被推开,又关上,吱吱扭扭,咣里咣当,鬼出神没,音回声响。也享受了原野上的闪电雨雷,巨大的电弧将地平线拉长点亮,之后世界变得影影绰绰,风声雨声雷声与田野被敲击弹奏的声音,掀人腑脏。世界的伟大令他悚然醒悟,黑夜的严肃与闪电的急剧令他匍匐敬仰,这个世界太棒,天空和原野太棒,每个男女的感受无双!

  生活如同海洋,生活不乏风浪,生活也有陷阱,生活不可慌张。你姓施的必须凫水钻浪,敢于游泳,不怕急转硬弯,不怕撞撞荡荡,一再高高低低,一再纠偏定向。你必须迎风击雨,雨落海如沸,风高涛似山。你应该鸣笛日月,你应该鲸掣帆扬,你应该乐奏边疆,你应该泰山峨眉、黄河长江。要做学生,以民为师,学干活学手艺长志气长学问不气馁不投降,勇敢沉着,礼赞云霞,放声歌唱!你应该尽情欢笑,接受新知,苟日新又日新日日新,吃得苦中苦,柒不楞登,建设新天地,捌不楞登,喊喊喊,辉辉煌煌再辉煌!

二十一　吃元宵

　　有了四面八方横冲直撞,反帝反修反反动派,挑水背粪土方巨石,三十诗文尘与土,八千公里沙与月。而在古稀耄耋之后,你珍惜怜爱着眼前与脚下,你仍然恋着远方,世界太大了,人心人爱人思人感也许是与世界一样的大或者比你知道的想到的世界更大,劳我以生,远我以行,苦我以思想,甘我以人情恋情悲情微笑含情,强我以见闻学识母语外语屈原曹雪芹陀思妥耶夫斯基雨果黑格尔康德马克思恩格斯,消化了再记住,燃我以真理之光！慰我揉我以花儿、猴儿、少年、小曲、星月风雨。

　　小蒙,我现在给你上点花絮,上点小小碎碎,对不起。一九七一年炳炎我在五七干校做过一个吃元宵的梦,回到了幼小时候去过多次的城市署前街"年糕刘"老店。你知道,老人都当然知道,署就是指衙门,指政府机构,各市县常会有署前街的地名,到了欧洲就叫市政厅,英语是 city hall,德语是 rat house。我很高兴梦中闻到了年糕、切糕、小豆粥与煮元宵的温暖香气。坐到墙边,看到了店员殷勤的笑容,我点了喜爱的小吃,端起了盛元宵的热碗,我的舌头舔到了细软糯甘并且微烫微醺的元宵,在幸福地沉醉于过往吃元宵的回忆的同时,打了一个冷战,醒了,差一微米没有吃到。我感觉到,我认识到,好嘛,自己的前半生就此结合着一次元宵梦而告一段落喽。已经是十六年不知元宵滋味了。

　　"老哥放心,今年从网上我给您订购宁波汤圆两公斤,北京稻香村元宵两公斤,真空包装快递低温冷藏运输发送到府上。"王蒙赶紧回应。

"那就活活撑死我了。我说的是旧事。现在何止元宵,米粉肉与干炸丸子、大龙虾与阿拉斯加帝王蟹也不在话下啦。"

施炳炎立即往复穿越,重温爱因斯坦的《相对论》。真是奇怪,他说的元宵梦使他回归到他的儿时,离做梦时是三十多年以前,童年吃元宵始于炳炎七岁,做梦吃元宵未得,好家伙,他已经四十一岁了。是的,他没有算错,一九三〇年出生,到一九七一年,能够不是四十一而是三十七吗?时间可以想过来想过去,年岁却永远没有通融。旧时认为人过四十,即使离世,也基本上算是够本儿,已经不是夭折,已经大致享其天年了。祝贺自己活够了四十年了吧。无合适的酒也可以喝一碗纯净的自来水。你好,"第四十一"。想起了苏联同路人拉夫列尼约夫一九二四年写的小说,苏共二十大后可能被中国同志认为属修正主义的电影,红军女游击队员枪杀了她热恋的"蓝眼睛的中尉"——神枪手处决了第四十一位反革命分子,不管蓝眼中尉是不是帅呆了,在需要放枪的那一刻,包括向自己射击的那一刻,你能不扣响扳机吗?

炳炎说,在改革开放之前,他多次琢磨过,我怎么活了这么长久呢?白天过后是黑夜,三月过后是四月、五月,秋天过后一定是冬天。如果冬天正在到来,那么春天还会远吗?自是桃花贪结子,错教人恨五更风。掠过清风已次日,耄耋不待马齿增。深刻噢,叽叽咕咕的小把戏们,你们读过前边那两句,唐代生活在底层的王建诗人的诗句吗?你们没有读过?

后两句就是施炳炎诌的喽,丢人!

他已经活得很长了吗?他确实已经活得不短了呢。仅仅是梦见吃元宵,到后来开始足以吃到口里时为止,他反复入梦寻食六七次了,醒过来再梦进去,梦进去再醒过来。吃元宵,想吃元宵,几乎吃上了元宵,终于在关键的一刻没有吃上元宵,失之交臂,差之万里,馋极了,就更尝不到元宵的滋味。元宵梦系列神剧一再上演,证明他在贫困的艰窘的儿时,在啼饥号寒挣扎在生死线上的民国时期,他居然吃过元宵。小资产阶级呀!四十多年过去了,呵呵呵,天若有情天亦老,梦里几度品元宵!

而且你后来五十岁后去了那么多地方,到了伦敦大笨钟也到了巴黎圣母院,到维也纳宫殿参加奥中友协筹组的中国新年即春节舞会,到印度阿旃陀石窟与泰姬陵,也看到了南西班牙格拉纳达的阿尔罕布拉宫,国王为心爱的王妃修建的印象画式花园,那时迷得你真想死在它那里。

你看到了美国新英格兰地区的秋季枫树红叶橡树与埃及金字塔与狮身人面像、卡纳克神庙与卢克索神殿,并且在尼罗河上进了晚餐,观看了埃及的所谓肚皮舞,以及圣彼得堡的迷人的普希金上过的皇村学校,在原木房子里吃大个的烤土豆,听导游讲叶卡捷琳娜皇后杀死了她的拒绝接受王位的儿子。

现在呢,上海小笼包与灌汤包、新疆烤全羊、天津狗不理,都好办。和外国老饕们一起聊日本萨其米(生鱼片)、法国鹅肝、美国苹果派、墨西哥玉米饼、韩国出品的气味能与绍兴霉千张颉颃的腌生牛肉、伊朗的东方第一"卡巴普"烤巨串。五大洲除了南极,四大洋除了北冰,人种各种肤色,语言汉藏阿尔泰印欧,信仰儒释道、耶稣天主东正、佛教印度教喇嘛居士功德林,他都看了听了接触了,或者按照英语的说法,他已经触摸过了。这是什么样的眼界,这是什么样的验证,这是什么样的心胸,这是什么样的时代!不是抽签中彩,也是祖坟冒烟,亲戚众人朋友同事乡亲谁不说他施炳炎一生,活过了他人的五辈子!

在任何一个时间点上,回眸往日,炳炎都感到了光阴的飞速流逝,在计算时间与年龄的时候他同时感到了确已小经沧桑,已经过了绝对不短的时间,经历了兴奋,经历了冒险曲折,经历了一再的外甥打灯笼——照舅(照旧),经历了一再的做梦吃元宵——想得美。他已经看到了、看过了、记住了,或者也忘记了。风云晴阴,天旋地转,仍然幼稚,不无莽撞,欢呼雀跃,热泪盈眶,永不言败,永不心衰,初衷初恋,红旗飘飘,元宵摇摇,摇到外婆桥。他并且曾经千真万确地期待了也仍然热热乎乎地期待着更新更好更美丽更高尚更幸福得多得多的未来。然后又有什么了不起的呢?四十一年后说不定还有四十一年,苍天在上,$41\times2=82,82+8=90$,人间最最伟大的是数学,饱含着苍穹的崇高、真理的威严、人类的悟性、数字的绵绵、情感的无依无靠、智慧的无垠与有误,这样的学问啊——它就是数学。

你不再嘀嘀咕咕,你不再哼哼唧唧,你不再阴暗磨叨,你不再纠缠纠结于患轻度 TB(急性呼吸窘迫综合征)的林黛玉,因为,你亲近了数学、语言学、逻辑学、史学,而不仅仅是流行歌曲。虽然炳炎入迷过那么多爱情歌曲,《茶花女》的《饮酒》,《回首往事》的主题曲与"郎呀,咱们俩儿是一条心",甚至他也会唱梅花大鼓里的《黛玉葬花》唱段。

炳炎的福气是爱吃、爱看,有兴趣。阳光灿烂,他想走走伟大的神州大地,他想走走整个的地球,想了的都去了,没想的也去了,除了火星。他喜欢做梦而且获得了梦想成真的体验,别人的梦、自己的梦、原来从不敢做的梦、以为不可能实现的梦,都实现了,都做实了。没有做过的美梦,没有等到你学会念想,学会辗转反侧,它就找你来,拥抱你来,亲热你来了。世上真有好事!好事比坏事多!好人比坏人多!除非你决定自杀于今晚十一点五十九分半。

在"文革"结束以后,施炳炎总算不再追问与钻研自己的寿数了。他有太多的事要做,太多的书要读,太多的课题需要恶补,太多的话要说给王蒙等朋友。施炳炎年富力强,政治业务双肩挑,不但是大教授而且是省政协副主席,说起来他自己也不好意思。天有不测风云,亦有难测彩虹,人有旦夕祸福,或突然成就了高歌猛进,更变成了他过去相当不喜欢的一个俚语:"芝麻开花节节高"。一提这个词儿,炳炎面红耳赤,无地自容,好事太多,人会俗成这个做(读

"zòu")相。

而到了二〇二一年二月二十六日,中华古历的辛丑年正月十五上元佳节,王蒙一面吃元宵,一面听施炳炎老哥讲他的沧桑故事。算一算,从一九三〇年始,近九十一岁的施炳炎其实已经逢遇他此生的第九十二个元宵节了。

回忆生回忆,回忆何其多;我欲不回忆,忆忆君奈何?
几番回忆罢,雄心未萧索;犹有少年志,犹有少时歌。
几场鏖战后,千株花万朵;回忆随它忆,写下更鲜活。
鲜活如猴儿,鲜活如小哥;鲜活如花儿,牡丹一朵朵。
要看好好看,要摘藏心窝;春风吹回忆,夏雨洒莲荷。
秋月美少俊,冬雪掩冰河;人生需尽兴,琼浆细细喝。

二十二　再访

炳炎说,走了全国,东跑西颠,努力学习,提高自己,以学习提高、充实自身,以耐心等候、实力壮胆,以劳动打造、康健悠远,于是全须全尾地到了一九七八年十二月二十八日,十一届三中全会开了,拨乱反正,拨云见日,二次解放,天若有情天不老,人间加油是正道。有些旧事,不再算数,有的平反,有的改正,冤情吹散,天高气朗。当时放映的南斯拉夫影片《瓦尔特保卫萨拉热窝》,有一句名言:"谁活着谁就看得见。"风靡全中国,成为十几亿国人的心声。

还有一部《悲惨世界》、一部《基督山恩仇记》、一部《大卫·科波菲尔》,突然供不应求,买到这三本书也是手眼通天的能人标志。而外国文学中的大善大恶、大福大祸、大喜大悲,不知填补了国人的哪一部分精神的饥渴。回到省城城市,史无前例的动乱结束,连早先的冒冒失失、愣愣磕磕,连同凉凉了的、忘了的、赶巧了的、没有了的……也顺势整理调剂、转妥转稳、拨乱反正,一顺俱通。大梦应觉,醒来自知,如果是真诸葛亮,何待茅庐三顾?生活恢复正常与改善。如果真是日行千里,夜走八百,这样的赤兔乌骓,怎么会死等伯乐,活等分不清马的牝牡与毛色的九方皋,闹出疑似抑郁症来?

一九八二年,意气风发、面貌一新的五十二岁的施炳炎去了大核桃树峪。他想念那里,尤其是想念核桃少年侯长友。

最最奇怪的是,一九五八年至一九八二年,二十四年阔别,再来,他忽然发现大核桃峪山村竟是这样小巧纯朴原生态,是大自然与燕赵山民的石雕泥塑铁锹铁镐杰作。四面环山,精雕细刻,只消抬头,屋顶之上便是梯田,像是一弯一弯的盆景。城门上面元明朝代的过街楼,过街楼后面是历年植树留下的山坡苍松翠柏,山路盘旋,又像移步换景的拉洋片。把视线收回,房屋随地势起伏伸展,高高低低、参参差差,或是紧凑拥塞,或是疏离敞亮。问余何意栖碧山?笑而不答心自闲。火烧火燎齐跃进,福地高天廿四年。这与其说是一个村落,不如说是一个天井,坐大井而观山,观完也可以跳出水面。观石与树,房与木,草、荆棘与路,谷与山,日月与蓝天、苍天。其乐陶然,悠然、灿然。

一九五八,大核桃树峪给他的冲击是巨大与高耸。一九八二,大核桃树峪给他的感动却是古老、小巧、精致与质朴,更是亲切与简明。

可惜的是河沟已显干枯,说是水位下降造成,并入河沟两边的窄路,将村路扩为坦途,宽不过四五米,正在用水泥大方砖砌平修路。

一离一去再一来,骑马坐车步行飞行走了一些天下的施炳炎,对于空间的感受、对于世界的宏伟的理解与拥抱,再加上时间的延伸与空间的延伸的同构感,施炳炎的世界观感已然大不相同矣。

如今的大核桃树峪村落小得令人心疼、心爱、心酸,小得令你觉得你欠着它关爱与奉献,你为它做得太少太少,欠它的汗水与智谋太多太多。你对不起它。

二十世纪八十年代,施炳炎回到大核桃树峪,那时本村农民精壮劳力拥入邻近小煤矿,收入已经有相当的增加,温饱大致满足,穿衣与饭食大有改善。住房则是旧貌依然,破烂陈旧,很难找出利索明净兴奋光鲜又饱含古朴芬芳的历史标记。那时候长友四十岁整,阔别二十四年后,突然见到他小时即已斩钉截铁地判定为"思想挺好"的施大哥,故人依依。乍见觉得陌生,说上一两句话,一颦一笑,别来无恙。"故人别来无恙乎?"一想到这七个字,施炳炎的感动满满堂堂,尽情尽兴。他与长友热烈拥抱,长友一开始一怔,他没有想到"大哥哥"将这一受到洋人影响的礼数用到他身上,同时他又立即产生了一种幸福与依靠感,他笑得那样满足和舒坦。

炳炎想起长友的笑容,自幼是那么信任、那么善良、那么亲近,那么林山僻野却又自来文明。长友的笑容里包含着一种对自己、对他人都是好人的深信无疑。他施炳炎因侯长友的笑容而幸福,而喜悦,而自信。二十四年过去,长友的与众不同的笑容依旧,眼睛对人的注视依旧,只是眼角边有了点皱纹,嘴角上多了两道深线,腰也略有点弯,这是没有办法的,这里的背篓再科学再精致,背上一辈子,它也一定会让你为百斤负重而折腰,为大约二十斗米——不是五斗米的俸禄,而是二十斗米的负重而驼背。

长友的眼睛里似乎多了点泪水。为什么我眼睛里常含泪水?因为我对这土地爱得深沉?雪,落在中国的土地上。他读过艾青的诗吗?

长友的家还在原地,炳炎在那里吃过腌臭鸡蛋。在已经熏成浅褐色的墙上,炳炎看到了老抗日游击队员侯东平积肥队长与王区长的合影。东平已经作古。

长友结结巴巴地说,"文革"中省城的学生红卫兵,抓了王区长来大核桃树峪村里,与侯东平同台批斗,按脖弯腰,两臂身后侧上伸,叫做练喷气式。就是说他们的两臂后伸,如飞机两翅。老爹东平的右肩在游击战争中受过伤,他的手臂后抬高度不够,为此,他挨了打,底下的话就不能说下去了……长友唉声叹气。这孩子过去说话不是这个样子的。

后来,慢慢地补叙,是省里的学生造反队,去到区里揪斗王区长,他们本来还要揪斗赵副秘书长,被省委的所谓"保皇派"组织给打出来了。那时,大核桃树峪村并没有造反队,但他们的上游小堰涛村成立了青年农民"血战营",他们与省里学生队伍混到一起,并肩抓"走资派",并且闹出了一个又一个骇人听闻的新案件。

长友解释说,说的是,想当年,旧社会,此地有一位占有田地跨越小堰涛与大核桃两村的地主侯玉堂。这一带姓侯的太多,你毫无办法,大地主姓侯你也姓侯,你躲不开这个"侯"了,看来那阵子侯姓与猴儿的物种都招来了灾难。小堰涛有一处进行阶级教育的基地,全省驰名的"血泪树",就是恶霸地主侯玉堂当年作威作福的罪证。说是他曾先后数次将欠租子的、反抗压迫剥削的贫雇农绑在树上,用鞭子棍子绳子拷打,血海深仇,血债累累。侯玉堂在一九四七年本地临近解放时候南逃广东省,后来落网,因其所犯罪行被镇压。他的儿子名叫侯守堂,天津医科大学耳鼻喉科医疗专业毕业,一九四八年土改时他正好在家乡。守堂生于一九二四年,一九四八年,那时守堂二十四岁。内战中国民党统治区百业萧条,他大学毕业后找不到医院雇用他,找老爹帮助开医院也不合时宜,这时不知道一个什么八竿子打不着的亲戚介绍他进了本省军统站供职医护。不到两个月,他被军统特务们的所作所为吓坏了,花钱托人情,装病苦肉计,抱头鼠窜,狼狈回乡。土改一来,目标明显,恶名昭著,在土改工作队领导下,预定次日召开贫雇农中农大会,诉苦斗争以后,确定拉到后山就地枪决。

第二天就要批斗与行刑了,头天晚上,侯守堂被看守在工作队,工作队队长就是后来的王区长。夜间值班的是猴儿哥与另一位大叔,那时候猴儿哥其实是侯哥儿,只有十七岁,还没有叫猴儿哥,他没有什么大学士三少爷做伴儿,当然他也不会耍猴儿。半夜,大地主的传人,死有余辜的国民党特务军统分子侯守堂,趁着侯哥儿与另一位高龄大叔睡着,褪掉绳子,跑掉了。侯哥儿说是他半夜倦极睡了,被特务分子逃掉了的。为此事工作队王队长受到了上级的批评。他就是东平老英雄的亲密战友王区长。

但是红卫兵们火眼金睛,听说到这些旧事后,立即分析判定:一定是,当然是,侯哥儿本人与国民党军统特务有染,说不定侯哥儿本人就是军统绝密特务。侯守堂是公开的特务,侯哥儿是更隐蔽的特务,更隐蔽的特务当然要故意放走阶级敌人,必须的。干脆说,哥儿侯,一定!已经被侯守堂的上级高特发展参加了军统特务组织,当了特务仍然在乡下下苦,只能说明,他是更危险、更反革命、更毒辣狡猾刻骨凶狠的阶级敌人。他们判定侯哥儿是国民党军统深潜特务分子，应该见过戴笠与毛人凤，被安排潜伏在山中，伺机接应蒋军反攻大陆。而侯哥儿与侯东平是堂兄弟，说明侯玉堂侯守堂侯哥儿侯东平老家伙是反动派留下的侯家军别动队，与威虎山座山雕与栾平一伙同类。而那只后来被豢养的猴儿，疑似国外训练出来的动物间谍，估计是空投而来，它的任务是携带秘密文件窜到六神山，与空投而来的克格勃或中央情报局或军情六处间谍交接情报。应该说，娃娃们分析得精彩绝伦，当时的侯长友听都听傻了，比影片《徐秋影案件》《羊城暗哨》的故事骇人听闻得多。他们确有清算几代人的旧账的兴致，更有听风即雨、无恶不思不信的想象力。

而原工作队队长、后来的王区长正是从抗日游击时期就与侯东平同生死共患难的亲密战友，这证明，王区长当时定是策划了至少是批准了守堂特务的出逃，王区长，更可能也同样是侯家特务，伪装姓王，他应该本是姓侯，他与侯姓东平之间有猫腻，有隐情，有反革命机密，有军统头子戴笠、中统科长徐恩曾、美国中央情报局局长杜勒斯的布置指令。顺藤摸瓜，通过追查侯守堂逃跑事件，能去掉隐患，翻天覆地。

这样，侯东平在抗日战争中的身份应该是明为抗日，实际通敌，是打扮成抗日战士的汉奸。中华人民共和国成立后，侯东平受到了抗日英雄待遇，更说明这里的侯姓大家族，里通地主国民党军统中统美帝苏修特务，外通日本皇军二狗子，又通过种姓裙带关系与走资本主义的当权派王某人实际也是侯氏坏蛋串通，罪行累累，罄竹难书。如此这般，造反团与血战营声称这里发现了全省全国大案要案，发现了惊天敌情敌特。

后来，爹爹侯东平含冤去世。

时隔数十年，炳炎为之嗟叹不已。他站起来，走到墙上照片正前方，屈身行礼，默哀。

他问了问王区长情况，长友说是还在世。"文革"结束后王区长到省里担任了一段民政局长,来过长友这边,送了些酱菜与蜂蜜,还有相当多的粉条与芝麻酱。有咸有甜,有成形有不成形。王局长到战友老侯坟地上献了花圈。当然,区长现在已经退休,近况不详,他这儿倒是有老王区长兼老局长家中电话。长友试着拨了一下这个电话号码,没有人接。炳炎于是赞美了农村的通信电气化。

  回顾这一段的时候,已是不惑之年的侯长友脸上显出了两道弧线,显出他这个年龄的农民的超级衰老与哀伤,显出了怒意与抱恨的决绝,长友咬了两下嘴唇,咬了一下牙齿,更显出了前所未有的一种类似残酷的仇冤,炳炎为之一惊。不知为什么,炳炎甚至闭了一回眼睛,闭眼闭了差不多一分钟。非真非梦亦非烟,往事如磐追忆难,幸有核桃树做证,青峰仍是真情山。

  一九八五年,作为省内著名专家教授,五十五岁的施炳炎当时还有个名义是省政协的副主席,就任政协职务后,他再次专程到了一次侯东平的"三无"坟地,无碑无字无正式的坟头,深深鞠了三个躬。他采了一束野花,放到了老英雄坟头上。可惜的是作为省里四大班子的一个副领导人,他的大核桃树峪出行是前呼后拥,水泄不通,他没有得到机会与长友谈心话旧,感到的是惭愧和歉意。

  祭扫东平回省城后,过了几个月,收到长友一封平信,信上说,希望炳炎大哥,帮助村里的具有高中学历的孩子们找个能挣月薪现钱的工作。施炳炎完全明白大核桃树峪青年、大核桃树峪农民的情况与他们的愿望。但是,他作为一个外国文学专家与刚刚当选的省政协副主席,他能做些什么呢?他能帮助长友的子侄辈青年们一点什么呢?没有高校文凭,哪个用人单位能用他们呢?他在长友那里,也被认作一个"大官",但是他这样的官儿,中看中说中快乐,同时是半官半民,不宜实用的啊。再说,就是行政官员,他也没有可能在政策条文之外,独特解决青年农民城市就业事宜的啦。

  他给长友回了信,他写了好几次"对不起,对不起"。他没有想到的是收到了长友的第二封来信,说:"大哥,其实我明白,其实我压根儿就不应该给你写上封信的。是我应该向你说对不起的了。"

炳炎长叹。后来他很久没有再去山村,关于大核桃树峪与核桃少年的记忆渐渐淡化了。而他越来越忙,专心于业务教学与著书立说,专心于海外文化交流,专心于本省的参政议政,专心于培养本领域的青年才俊了。

一切都正常了,过好日子了,日新月异地发展着了。当初当然不能算什么相濡以沫,只能是感恩一位少年,是人家以水沫湿润于他或有的可怜巴巴。有这样一个少年与没有这样一位少年,生活的亮度与温度、情义与友谊,对于当时的施炳炎,确实有相当大的不同。现在呢,倒正如庄子所讲,有点相忘,或者是他忘了人家——于江湖。也许忘之有理,他的腿脚距离当年的背篓子爬树时期,已经不能同日而语,再说他也确实帮助不了大核桃树峪村民解决什么具体实际问题,他比过去,忙了太多太多了,他现在什么也不匮乏、什么也不为难了,除了时间。如此这般,顺风顺水,稳定发展,一过就过了三十多年,一想到是三十多年未见了,施炳炎吓了一跳不由得倒退了许多步。

直到二〇一六年,老伴患绝症,提出了想看看当年与猴儿做伴的可爱少年和炳炎当年在那里大干社会主义的小山村。他倒是也正愿意去,老伴提出这位只是在一九六〇年即五十六年以前只有一面之交的小友,使炳炎感动于中。

二十三　未相忘

　　当年的小刘。后来的老小刘，现在的老刘，施炳炎的妻子，重病时候，二〇一六年，想去一趟镇罗营大核桃树峪。一九八二年那次，老小刘没有去山村。这样，从她来说，闹闹哄哄、喊喊叫叫，五十六年已经过去了。小老刘默默地接受了半个多世纪的一切沧桑与试炼、转机与前进、开心与幸福。病重以后安慰她的则是淡淡的回忆、隐隐的笑容，只好如此地随它去吧。当然，天地、生活、运道、家国、自己，全部改观，全部转入了快车正轨，航海航空大道，风雨兼程、日行千里，一切都不一样了。然后，等着的是一句话剧台词："我们——都——老了。"她说："真想找七八个不同国籍、不同语种的大演员啊，每个人用自己的语言讲一句这个话吧。"她含泪笑了。

　　包括走一趟大核桃树峪，也看到崭新发展的果实，当年需要一小时十五分钟火车加一小时四十五分钟崎岖山路长途汽车，现在只须坐上长春第一与德国大众两个汽车厂合营制造的四环奥迪，驶上崭新无瑕的国家二级公路，就受用了无限风光、全新景象，而只消七十分钟，就可以从省城胜利到达目的地了。

　　他们一路欣赏赞叹着高楼大厦、林带繁花、交通设施、公路服务、信号导航。车如流水，人尽光鲜，旧貌新颜，终于是换了人间！七十分钟后到达了别来无恙的过街楼、券门，砌好了大块砖洋灰方砖路面上。

　　新旧参差，生气勃勃，到处是盖起的新房，而尤其焕然一新的是全村的电力供应与自来水供应加无线电保证系统:电线杆与电线、电话线,公用与私用的自来水龙头,小山头上稳定地矗立着的 ITE4G 通信基站,而且小小的巴掌大的大核桃树峪,竟拥有了两个民营超市,还挂上了硬是写着 super market 的字号牌。一切都在发展,都在改变。

施炳炎说:时间,啊,时间,你从来对什么都不在意,不知不觉不预报不提醒,转眼变化了那么多。迟钝的人,你不打招呼。敏感多情的人,你不解释也不安慰。眨眼间,山村里也有了电灯电话自来水,冰箱电视洗衣机。所以,陈独秀的说法是"白发怕看新世界"。而你的幸福感也许被沧桑感所搅扰,你的新鲜感也许会被缭乱感所冲散,你的成就感也说不定会被匆忙感所挤压;你的快乐当然也盖不住还有的各种缺失,以及无时不会有的找别扭的酸醋与胡椒段子,还有少不了的喷子与撇子。那么你的因年事玩大了而不无伤感的喟叹呢?终于由于兴奋的日程而不留痕迹了。你老了。一九五八、一九七八、一九九九——六十九岁,你办理了离休手续,现在则是二〇一六,有点寿数,有点意思,有点冇意思了吧!

进村后他们首先遇到的村民是一位中年汉子。老年炳炎向汉子问询侯长友家地址,看到了被问者的怀疑的目光、猜测的打量、欲言又止的为难。炳炎解释说:"我们是老朋友了,六十年前我在咱们村儿干过活啊,一九八二年,哦,离现在三十多年了,那年我来村里看过他们啊,一九八五年,我在给侯东平老英雄扫过墓,那时候他们住在那边啊。"炳炎用手指着方向,然后说听说侯老三他们有了新的宅基地,盖了新房了哟……显然这位汉子应该是炳炎离村后四分之一个世纪后方才出生的,他显然听不懂他的话,但"老朋友"三个字与炳炎夫妇的老态终于赢得了汉子的信任,汉子降低分贝,体贴地告诉炳炎,长友得了病,到邻省伏牛市住院去了。

"病?"炳炎大吃一惊。

汉子再降低一下声调,窃窃私语般地说:"他是精神,神经病……"

炳炎更是完全怔在了那里。这时过来一个年轻人,汉子介绍说是村委会委员,自告奋勇带他们去侯长友家。

三拐两弯,炳炎看到了一个个新落成的农家院落,山村住宅区有平房,也有二层及少量三层楼房。这里,离村口券门那样近,使炳炎满腹狐疑,看了半天不知道怪在何处,疑在何处。村委会委员看出来了,便解释说,这边正是原来的大戏台,大戏台塌陷破烂累累,最后上级同意拆除,腾出地面作为农民宅基地。这儿的地盘太小,已经为宅基地的不足伤透了脑筋。炳炎听了又理解又心疼,只怪自己三十多年没有过来,竟然比动荡的年代分别得还久。有什么办法呢?安好比动荡更催人老去,更让人无知无觉,更悄无声息地埋没光阴,将一切进展享福视为理所当然的习惯与重复,从而平滑了激动与念想。动荡年华勇,太平岁月失;倏忽千万日,无恨亦无诗……

这里的农民盖房非常注意修缮门脸儿,有的用砖雕,有的用彩绘,有的用新式合成建筑材料,还有施炳炎看着也不得要领的所谓人造石板与纤维板。有的还竖立起了能遮一点雨的小门楼。他、妻、村委委员三人感慨着赞许着来到了长友家。

他们见到了长友媳妇,她个子矮小,笑容可掬,发虽白而面容仍然姣好,个头不大但精气神充盈饱满,尤其是口齿伶俐清楚,优于既往一般村民说话时给人的印象。她一见面就叫出"炳炎大哥"四字,令施炳炎感动。是的,一九八二年、一九八五年,他们都见过,是炳炎忘记了人家,但是人家没有忘记炳炎。惭愧!而他们的新家也给炳炎夫妇留下了相当清新的感觉。一明两暗,向阳三大间,八仙桌,掸子瓶,木椅四把,堂堂正正,这在过去是只有地主老财才有的气派。开启着玻璃窗纱窗,屋里没有咸菜缸与农牧产品、农牧工具的气味。炳炎不禁称赞:你们的新家是鸟枪换炮啦!

看着这些家什,长友家里的解释:村里的男人,二十多年前就去了煤窑,进了钱,近十几年煤窑关了。这几年靠的是农家乐旅游,农村缺的就是现钱。可有了旅客,什么都是现金交易,现场办公了⋯⋯"

现场办公?这个词可真熨帖。

更引人注目的是房角处摆了一个分上下工作平台层的电脑桌,上层放一套台式电脑,近旁有一台喷墨式打印机。二层是一面薄木板,活动式,可以拉出,也可以推到电脑主机下面的空当,是放键盘用的。电脑桌前是一只可以转身的小圆凳。

"计算机!"炳炎赞道。

"真好!"炳炎妻的脸上泛起了光辉。

"这是我们小子的,淘汰下来的,让他爸学学。"

"是啊是啊。"施炳炎欣慰地说。但他更急于知道的是他的核桃少年老友为啥不在家,他计算,少年现在应该也有七十三岁了。他不想接受他人关于长友住院,更无法接受长友得了精神疾患的说法,他轻描淡写地问:"长友没有在家?"

"他病了,住医院了。"

炳炎仍然惊异,问道:"什么病,住了院?"

"是⋯⋯精神病。"她也降低了声音,"唉,还说什么呢?犯了老病根儿了。"

施炳炎也想不到,听到长友家里的说的话这样不靠谱,他竟大叫了起来,他说:"他哪儿来的精神病啊?他绝对没有精神病的老病根儿啊!"

"有,他有!他真是有!"媳妇不仅坚持,而且向炳炎挤眉弄眼。

不但长友家里的,连正在告辞准备离去的村委会委员都斩钉截铁、不容分说地强调:"长友叔就是得了精神病!证明文书都开了好几个啦⋯⋯"

村委会委员说到"长友叔"的时候,发音是"长于寿",比寿命还长,这个词听误了更漂亮,更深刻,更创新,原来误听误解也是出现创意的一条小路。而且,这个声口比村庄面貌、生活环境、房屋家什都更稳定更古老更抓人,使炳炎出现了乡愁、乡恋、乡思。一声"长于寿",双泪落君前!

炳炎看了老刘一眼,妻向他示意,不要再抬杠。他目瞪口呆。

过了一会儿,看看周围再无他人了,炳炎被告知,早在六十余年前,当大核桃树峪大队的上游小堰涛水库兴建完成,镇罗营公社组织修建通向大核桃树峪的六公里胜利引水大渠的时候,也就是猴儿哥——长友则称他为二叔——为之牺牲了生命的那条渠的修建时期,在派工、占地、水源供量与本村用水量控制方面,数十年来,大核桃树峪与上游小堰涛村多次出现争议。近二十年,由于山区旅游事业的发展,需水耗水量大增,本村与上游小堰涛村更屡屡发生摩擦。两村各有几个性情刚强,乃至暴烈的小伙子,言语不合产生肢体接触,你推我搡、你上胳膊肘我上膝盖的事动辄发生。三个月前本村小伙子在汽车站等车,碰到对方干将,言语不合,冲突再起,本村青年吃了亏。回来后与德高望重的长友爷爷说将起来,想不到激起了长友的火气,经过长期策划,他们终于出征小堰涛,"收拾"了与他们动过手的几个强横人物,这也罢了。问题是长友亲自参与出征,他自己的说法是怕本村的孩子报复过度,他去的目的是掌握分寸,点到为止,一切差不离就得,不能过线。同时以他的年龄辈分和在本地的威望,他去那边当然不可能是做打手,他想扮演一个主持公道让双方心服口服的仲裁角色。想不到对方一见,认定他是打架突击队的带队领袖,一个浑小子走近来照着他就一拳,被他用自己精心打造的山区藤杖一挥挡了回去。山村最讲究的是敬老,对方的浑小子竟然率先向"爷爷"撒野,自然天地不容。大核桃树峪子弟围了上来。一阵混乱后,撒野的浑小子倒地口吐白沫,被抬到卫生院,情况似乎不妙。二十分钟以后,大核桃树峪村委会主任,一般称"村长"的人,接到电话汇报,当机立断,村长打 110 报警电话,要求处理斗殴事件,同时报告镇罗营乡领导,拨通 120,将发作了精神病的侯长友老人,以 15258947120 救护车,送到了百十公里外的邻省伏牛市民营精神病疗养院。三天后,送卫生院的撒野被打倒地的青年,当真挂了。为斗殴致死事件,对方上游小堰涛村的支部书记再次报警,已有本村五人、上游小堰涛村三人,涉嫌破坏治安、伤害人身,被警方拘留调查惩戒。

不好再细问下去了。毕竟,长友媳妇不在斗殴现场,她还能知道什么告诉他什么呢。作为来客,他也不可能问清楚这样一个事件,更不宜于发表什么评论建议。

长友媳妇说话时挤眉弄眼与视炳炎为体己的样子,反倒使炳炎释然。就是说,可爱的当年的核桃少年,很可能没有什么实打实的精神病,但现在必须说他有精神病。如此这般,无为有处有还无。

但他还是在女主人的帮助下,拨通了在精神病院疗养院住院的病人侯长友老人的手机,炳炎告诉长友,他到了他家,给他带来了宁波汤圆与手摇元宵各二斤。而长友问了一句:"大哥你九十多了吧?"长友的声音显得疲劳无力,别的什么都没提。

有意外,整个情况也还算是喜人。更喜人的是,去完这趟大核桃树峪,妻子的各方面肿瘤标志指标,从甲胎蛋白到抗原CEA,从CA系列到TNF都有改善。他不明白是怎么回事。或许当真是有那么一种好感、一种温暖、一种大山里的原始日月风云的精华之气,山风山色山雨山雾山林山葛山花山鸟,或许应该能多少悄悄地抑制一会儿肿瘤的细胞和侵入的毒素污染。恩感、善感、好感,归根到底是要给世界带来生机,带来希望,哪怕是带来梦幻。让我们距离癌变与毒素、恶意与忌恨远一些吧。

正是在妻子生活的最后两年,他们一起去登了泰山,尤其奇葩的是,他们乘索道在中途下缆车吃了午饭,想不到忽然乌云密布,雷电交加,索道客运停止,吃饭的这个地方没有客栈,索性攀上到玉皇顶与下山到山门,距离差不多。他们决定冒雷雨而上行,走了十分钟就成了落汤鸡,幸亏施炳炎有雨季造林的伟大经验,苦中作乐,险中得趣,跌跌撞撞,喊喊叫叫,闹闹笑笑,凉凉飕飕,两人冒着大雨和雷电,爬了七个多小时,终于在天黑以后到达了玉皇顶的神憩酒店。当天晚上，夫妻二人隆重向国内外亲朋好友宣布，经过山村行与泰山雷雨攀登旅，施炳炎爱妻刘女士的癌症已经痊愈。

之后二人还乘法国地中海幻想曲游轮进行了西地中海意大利、西西里、西班牙、巴塞罗那、马赛之游。另外加上了陆地的阿联酋阿布扎比与世界最高建筑迪拜的哈里发塔。这个塔是八百二十八米高，楼层是一百六十二。而阿布扎比的谢赫扎伊德大清真寺，世界第八，十五亿美元兴建，运用了四十六吨黄金美化与装饰此建筑。

夫妻旅游回来之后，晚上睡上集美家居出品的席梦思大床，甚至觉得大床有点死，缺少了地中海上的迷人波动。

炳炎感动的是，他想，人可以浑浑噩噩地哭泣着被下载到这个世界充电，人最好不要气呼呼、恨兮兮地与世界告别关机，更不要用哼唧替代歌唱，用抓耳挠腮替代按摩与柔软操。过了几十年上百年吃吃喝喝、吭吭哧哧、哭哭笑笑、难舍难离的日子，你总该喜欢你的妈妈、你的邻居、你的乡亲、你的组长，还有你的老公老婆、你的老师和学生、你的猫儿狗儿鸡儿直至猴儿。你总该喜欢你见过的每一只猴子、燕子和鲫鱼。我们的世界，我们的身旁，好人好事比星星还多啊！你理应学会感谢工人农人，城市的清洁工与乡村的爬上树去、给你摘下核桃并且向着你笑笑的孩子，你总应该感谢委屈地给你表演了喜剧节目的猕猴，三少或者二小、九哥、五爷，它其实未必多么服你。不服？它的灵敏和逢场作戏仍然叫你快乐。它的小小的阴谋诡计、恶作剧，也是上演折子戏啊，如果世界上百分百的谦谦君子，如果一辈子连小阴谋恶作剧小坏蛋都没有碰到过，就像娶了媳妇没有与你顶过一次嘴，没有向你掉过一次泪一样，你的生命是多么干燥啊。

让我们学会微笑，学会招手，学会说"逗你玩儿"，学会怀着感激的心态与这个世界的长与幼、人与猴儿、梦与真，拉拉手儿，亲亲脸，说点喁喁情话吧。

反正，你走也要走得从容、得体、舒适、安宁，请勿抽搐紧绷，请毋哭丧咋呼，请别憋屈委屈。

二十四　飞跃

在二十世纪四十年代施炳炎最初接触辩证唯物主义的时候,那时候有以苏商个人名义经营于上海的时代出版社,与一些进步人士主办的生活书店、新知书店、读书出版社、中外出版社等出版机构同时存在。从它们出版的讲哲学的书籍中,施炳炎曾经十分感兴趣于"飞跃"与"连续性中断"两个说法。开始,他以为最能说清楚这两个说法的是毛泽东的"造反有理"论:革命造反,当然要让呆滞的不义的历史连续性中断,革命就是中断陈旧霉变的历史老朽灭亡的历史过程,创造新时代、新世界。《白毛女》的词儿叫做"天翻身,地打滚"。毛泽东的诗叫做"敢教日月换新天"。马克思主义的说法则是"要结束资本主义社会、阶级社会这样的人类历史的'史前期'",就是说,共产主义,社会主义,才是人类文明历史的开端。此后,在新中国的建设发展中,施炳炎屡屡感受到飞跃的驱动、飞跃的探索、飞跃的历史激情,也有飞跃的艰苦卓绝。

想一想他已经经历了九十年的变迁,施炳炎已经老过了当年书写《六十年的变迁》的李六如了,副检察长李同志享年八十六岁。炳炎经历了九一八事变、卢沟桥事变、日本无条件投降。住到中国来的日本军人家属急急地变卖家产,狼狈回国,一个电子管收音机可以以一牙大饼的价钱出售。美国吉普车载着美国兵在华北横冲直撞。有了吉普车就有"吉普女郎"。除了吉普女郎,国统区的市民还都在唱"三轮车上的小姐,真美丽。西装裤子短大衣,眼睛大来眉毛细,张开了小嘴笑眯眯……"那时的人坐三轮车，就相当于二十一世纪前期的劳斯莱斯、兰博基尼了，还有炳炎也闹不清楚的什么路虎，什么保时捷了……

而在日本军队占领华北时期，年轻人们唱的是"烟磐儿富丽，烟味儿香，烟斗儿精致，烟泡儿黄"，美女明星李香兰唱抽大烟的歌。她主演的电影叫做《万世流芳》，歌颂林则徐，日伪方面也鼓励对英国的控诉，它要打的是"大东亚战争"，迅速更名为"保卫东亚战争"。此后，炳炎读了更多的资料，包括李香兰——山口淑子——大鹰淑子的回忆录，他知道这位歌手、演员、参议员对中国人民的感情与对日本军国主义的痛苦与尴尬的反思，他在访日期间在东京银座曾与这位比他大十岁的朋友共进晚餐。他念念不忘，除了政治和历史，还有人生的机缘，还有时间，不舍昼夜，你永远不可能两次踏入同一湾水。人们都长大了，老到了，往事不堪回首，月明中。

什么都在中断又飞跃，飞跃与没飞跃，都会蓦然中断。包括中苏、中美，蚂蚁啃骨头，鸡毛飞上天，穷棒子办合作社，新生事物要大喊大叫，高分贝取胜，"老三篇"，"社员都是向阳花"。历史的行进振响了强劲的锣鼓点，扫荡了太多的猥琐颓败。辛苦了，一辈又一辈的志士，一波又一波的大潮，一代又一代的豪杰，一个又一个的招数。大江东去，千古风流，往者已矣，壮心犹烈！

谁又能想到，"红海洋"开锅后面是拨乱反正，平反改正，思想解放，干部三化，中心转移，小平你好，改革开放，包产到户，实践检验，取消票证，家用电器，物业房产，市场经济，股票投资，机遇紧抓，韬光养晦，总量翻番，收入百倍，先后共同，富裕小康，多位一体，发展稳定，四项原则，两点基本，立起富起，强起来了，春夏秋冬今又是，人间面貌尽焕然。

生活飞跃，前所未有，历史变局，稳如泰山。

全球旅游，到处有中文的说笑。施炳炎在二十世纪末在柏林看拆掉了的柏林墙，拿着相机频频咔咔咔的是同胞；在南非的好望角扶着铁梯登灯塔,喊喊喳喳的是同胞;在伊朗伊斯法罕名城,实际只有二十根大柱子、加上水中合影号称四十柱宫名胜那边,合影笑声动天的也是同胞天津卫姐妹。更不要说在日本东京大阪名古屋,抢购背包、电饭锅、马桶盖、第一酵素、玻尿酸、Q10、安耐晒、赭石枕头等的快乐爆炸型,当然是龙的传人、熊猫的挚友。

拨,消除了乱,反,被消化为正。原来一切并不难,原来国人也可以过上美好富裕的生活,原来我们的社会也可以出一点高富帅与白富美,同时拼命做到共同富裕。共同了许多,仍然差别,差别了很多,你不断地不停地永不止步地考虑安抚共同与同共。想到的,想到了好久好久的,如今成为九百六十万平方公里土地上的日常活法。没有想过的,也在那里日新月异,捷报频传,时时有特大喜讯。发展得太快了,也出笑话,也出三聚氰胺与张悟本绿豆汤,也出坑蒙拐骗与黄赌毒。你嘚瑟,她炫富;你买豪车,他盖豪屋;她闹出个特斯拉风波,她们则是中国大妈,中国大妈的行为艺术被说是拉动了世界的金价。你吃燕鲍翅,他吃两头乌;你养名犬,他遛小猪;你游巴黎伦敦,他走约旦神秘佩特拉细缝山谷。有的去了哈瓦那,有的去了里约热内卢,有的去了胡志明市,有的去了吴哥窟。这是做梦?这是幻想?这是光明大道,这是载歌载舞,这是天天进步,这是时时改善,这是好得一塌糊涂!香得一塌糊涂!这是气运大吉,这是心中有数,这是十拿九稳,这是敲响了锣鼓,这是赶上了大点,这是雷鸣电闪,生猛冲突。当然还有天灾人祸,还有种种难处……有被处决的贪腐,有被宣布的开除,有各种口诀,有你妈叫你吃饭的迷糊,有翠花上酸菜,也有志忑与鸟叔。有难有险才有味道,有输有赢才显生风,虎虎,扑扑!

究竟是怎么回事呢?失败是成功之母,不在崎岖路上灭亡,就必将把崎岖险路,变成大道通途。碰壁,练出了金钟罩、铁布衫,更练就了选择与应变的超凡本领。快乐接续了苦闷,摆脱了抑郁、犹豫和暴怒。越是艰险越向前,于是一切左右逢源,八面来风,俯拾即是,得心应手,仍然绝对不敢大意,掉以轻忽。比如赛球,你输到了二十比六十八,不要灰心丧气,只需要接着打出一百二十比五十五。比如足球,已经踢了上下两场好长时间的零比零,加时赛上来了,一脚踢入球门,就叫完胜,无误。一切的努力与尝试开始的时候都是失败,蠢猪面临一次又一次的失败,更可能陶醉于小小的得手。天才也面临一次又一次的失败,以弱用强,从弱到强,最终却显出了高妙十足。问题不在于失败而在于失败了又怎么样?失败了应该转向成功,逢凶化吉,遇难呈祥,比分?没有谁得意嘚瑟于开始比赛后的前期十五分钟。

村村变了样,家家变了面貌,敢教日月换新天,敢教山村变乐园。与上次相比,侯长友家真是天上地下,今非昔比。然而精神病住院之说又是从何而出?著名的见过报纸的伏牛民营精神病院又是何方神圣?说什么还有美国博士与瑞士博士后,还有牛津人才海归队伍,专家办起的大医院。海归中还有大核桃树峪的他舅他叔?

二〇一六年回到大核桃树峪,令炳炎纠结的不只是长友住精神病院,他还捉摸不透如今本村农民的口音,除了一个让他亲切的"长于寿"。炳炎原来的印象,这里的乡音有一种调性,基本上是 a 小调,就是说不是 C 大调,不是祭诵体,也不是法官宣判体。它有一种旋律,有一种原生态的阴柔,它太像唱歌,它有一种情感表达的亲昵。比如说"楂子粥",它的音调用简谱写下来,大体是 3 56 3;说"不精神"即有些身体不适,他们的音调是 3 65 2;说"大火不怕湿烧子"(烧子,即柴火),音调是 3 3 56 5 33。这样的调性使炳炎喜悦活泼,这样的调调儿有一种纯朴的温柔,有一种——对不起,可以说是取媚于他人的示好示乖招人疼爱,却仍然不失其犷达其真爽其山民之倔强之音韵。这次来呢,除了长友媳妇,年轻一点的人说的都向普通话靠了,都成了北京人氏啦,就像全体刚刚上过普通话学习班,领取了合格毕业证书一样。他甚至问了一下长友媳妇,怎么村里的口音改了呢?长友媳妇完全了然,她一笑,甚至她也改用京腔京韵普通话的腔调说:"唉,那还用说,三十年前,家家有了广播,没过十年,又家家有了电视机,都学着人家说话呗!再进城打打工,看看电影,做点小买卖,谁还是土腔土调的呢?"

富裕了,繁华了,开放了,美丽的土得掉渣的镇罗营与大核桃树峪啊,我到哪里与你们重逢、与你们乡愁、与你们话旧呢?

炳炎还想起了六十余年前与这里的乡亲们的一些闲聊。一个是男性村民都坚持并异口同声,断言城里人喝的啤酒,干脆就是马尿,其形其沫其泡其味道,与马尿绝无二致。葡萄酒呢,核桃树峪人只说三个字——酸泔水。另外,人人相信,喝牛奶那是既上火又拉稀,而且喝多了会外科发炎腰腿上长疖子。

第二,村里人都相信,省城大都市,那主要是出产大粪的地方,除了大粪,省城城市还能生产别的吗?大米小麦、五谷杂豆、红薯山药、白菜西红柿,他们有出产吗?他们的大粪则是又多又好又壮,尤其是省城署前街一带,过去都是当官人的住处,大官拉的粪,能与小民一样吗?鸡鸭鱼肉、猪油洋面、肥瘦肉下水杂碎,吃这个的与只吃玉米榆子(榆树叶)的,能拉出一模一样的屎粪粑粑来吗?过去省城里有粪商,农村的人赶着马车驴车粪车去拉运大粪,不同地区不同成色,价儿码儿是不一样的啊!

如今这些说法都改变了,生活好一点的农民,下地也要带上,那是用暖水瓶装上的冰箱里冷藏过的生啤。化肥与有机肥料的供应与购买,也不是过去的老格式老价码了。各种水货假名牌真家伙,都见过了。尤其是手机诺基亚、华为、三星、苹果与摩托罗拉,已经把世界、把中国、把山村,搞得天翻地覆。

分析过来,感慨过去,炳炎对妻说:"长友,不是真有精神病。山村,有自己的医疗套路,有自己的临床诊断学啊。"

二十五　旧疑案与新机遇

"后来我去了伏牛的欣安精神病疗养院,见到了我的六十七年前结识的好小朋友侯长友老弟啦。"施老告诉王蒙。

他说,疗养院已经成立十多年,口碑极好。最初起名为樱桃医院,竟被万里外的化名大马猴的大V大咖讥嘲为名不副实,不正经与作风不庄重;后改名为心志医院,又出来喷子撇子遮溜子说是有扣帽子歧视病人之嫌,心与志,难道是留过点洋的医生"砖家们"改变得了的吗?网络上如此时兴以"砖家"的写法代替专家,说明的是我们这里的反智主义的顽强顽抗,炳炎摇摇头。

精神病是疾病,不是心志问题,乃改成欣安。它的地点非常好,在一条大河之滨。那条大河满是芦苇,芦苇丛上飞着大量的野鸭子。有几年,野鸭子被弹弓、气枪、猎枪打得七零八落了,后来公布了野生动物保护条例,这几年野鸭子越来越多了。

院区,高高低低盖了些自称是巴塞罗那农舍式的小房子,而且在院办会客厅悬挂着那里的建筑大师高迪的大照片。致使施炳炎联想到,挂高迪的目的是不是由于高迪乃是涉嫌精神病的惊世骇俗的天才呢?每天盯着他的照片看六十分钟,久了,普通人会犯精神病,而病人会成为大师天才。

整个园区栽满洋品种樱桃,依发音而又做到古色古香地择字,在中国,精彩地译作"车离子",它们的暗红色的枝干与舒展的树冠,它们的白花,令人想起契诃夫的戏剧《樱桃园》,又想起东周时人的姓名有"车离子"一说。它不似樱桃,胜似樱桃。《樱桃园》戏里流露着对于老式地主庄园的挽歌,是噩运乡绅对于新生资产阶级企业家商家开发的恐惧与悲催。旧俄在樱桃园挽歌中逝去。契诃夫预言了罗曼诺夫王朝的灭亡。奇怪的是,施炳炎的《樱桃园》观剧,不是在莫斯科或圣彼得堡,而是在南太平洋的新西兰最大城市奥克兰,观看了舞台上的没落贵族、过气明星、生猛商人和给孤儿看病的医生。逝者如斯夫的人与事,在中国也在俄罗斯,在南太平洋也在其他许多地方,也许同样在小小的古老的华北北青山沟里,都在发生,都在引人泪目。而说起伏牛市的欣安疗养院,北青山镇罗营那里还有一串漫长传奇的故事,比契诃夫的"樱桃园",比我们的山村中国故事要生猛彪悍多了。

一九八六年,国际笔会大会在东亚 N 国举行,中国作家代表团前往参加。一位该国与高级政要有特殊密切关系的古稀之年的老医生——权大成,专门宴请了中国的一位有着特殊身份(其舅父是一位国家领导人氏)的朦胧诗人。N 国其时还没有与中国建立外交关系,两国间有一些深重的历史恩怨情仇。这位权医生,他不是外人,正是当年的天津医科大学毕业生,有过五十多天军统特务站医护人员特殊经历的侯守堂,而他爸爸又是本省镇罗营横跨小堰涛与大核桃树峪两个自然村的大地主。一九四八年土改高潮时期,侯守堂面临第二天被处决的命运,连夜逃亡,到了山东半岛,找到了他的姑父,帮助他隐姓埋名,乘渔船到达了 N 国。几经周折,以 N 国公民身份到美国深造医科医术,后来回到 N 国,几十年过去,成为该国名医,又因为在美期间,与 N 国的所谓反对派与基督教势力结交,进入了愈益得势的政要视野,成为 N 国一个特殊的御医(总统府医生)——社会活动家。

在一对一的宴请中,医生以三寸不烂之舌表达了对今后发展两国关系的愿望,传达了 N 方想传达给我方的信息。两个月之后,医生得到我国本省对外友好人民团体邀请,访问我国该省,该医生的老家。

本省民政厅王局长,即当年的土改工作队队长,后来的侯东平的老战友好朋友王区长,陪同友好团体的有关负责人与N语翻译(其实华裔老乡,用不着翻译的,但也算一种规格与礼遇吧),专程到北京首都机场,欢迎权大成博士。王局长客套一番,讲什么咱们是老乡亲老朋友了,当年多有冒犯,咱们的缘分不浅,化敌为友,堪称佳话,两国也罢,两人也罢,不打不成交,历史多情,人民重义,岁月淘洗,人心怀旧,古道热肠,终成佳话。

权博士立即鲜明表态:少年不智,误入歧途,阶级斗争,岂是儿戏?革命就是一个阶级推翻一个阶级的暴烈的行动。地主军统,杀之有理。不辞而别,愧对父老,给家乡人民添了麻烦,给侯家乡亲带来后患,给王长官也带来不便,理应请罪受罚,唯期为如今的两国人民友好情谊略尽绵薄,救赎此生的惭愧于万一。

此次权博士对故国的访问中,双方达成协议,以权博士为法人的N国医学学会的名义,他们愿意支持做到,每三年帮助家乡两至三名留学生到N国或欧美国家学医。二十年后,即二十世纪末年,三位镇罗营老乡,接受老乡权博士主导的医学会后援的青年,学成归来,创业,其中两位是大核桃树峪人,一个就学于美国约翰斯·霍普金斯大学,另一位获瑞士洛桑医科大学博士学位,第三位是小堰涛人,是英国牛津大学医学院博士,专攻神经科与精神科用药物。三位海归乡党回到故乡,曲里拐弯,东跑西颠,终于成功,在邻省建立了欣安疗养院。其中有一个考虑是,本乡本土创业,多有不便,到另一个省,反有远来的和尚会念经的信任优势。另外在本省本乡,难免有病人害怕在精神病院就医的病史,会使自己受到另眼看待,远走的病号更放心。此欣安疗养院,在全省全国,都小有名气,大有作为,令人欣慰。

炳炎已经离职休养,他去了山村,去了欣安,去了老态龙钟的王局长那里,去看望了老顾最后一面,他们都帮助炳炎更多地了解了镇罗营、大核桃树峪的人和故事。

二十六　病乎？

　　这次,血溅小堰涛村,闹出人命以后,镇罗营卫生院给长友打了一针镇静剂,村委会主任与镇长亲自把他送到了欣安疗养院。

　　长友见到炳炎,显得疲劳和淡漠,他唉声叹气,说:"我也没有想到,怎么出了人命了呢?到底是谁下的手呢?他冲过来了,我举起藤杖挡了一下,后来他倒下了……"他的嘴唇继续动着,却出不来声音,他说:"也许我真的犯病了,我有病,大哥,你哪里知道,我不想对你说,我能对你说什么呢?当年你劝我读书,学习,出去走走,看看世界,我……我……我对不起你……"就这样说着,长友靠在可以调节成躺椅角度的病床上,他闭上了眼睛。

　　他好像睡着了。他的嘴角有点歪,从前他不是这样的。

　　炳炎等了几分钟,长友发出了打小呼噜的鼾声。炳炎又等了会儿,他站起来了。他不能打搅病人长友的休息,奇怪,他坚决不信长友患有精神疾患,但今天长友的口气呢?难道他真有了病?人生在世,三灾六祸七十二陷坑,外加九九八十一难,谁又能给谁打包票呢?他想找院方领导或医师谈谈。他站起来,走到病房门边,他拧了下门把手,发出了一点吱扭的声音,忽然听到长友的一声惨叫:"施大哥……"

　　长友睁开眼了,他恢复了早先的神态与语调,他说:"我其实没有病。"突然,他的眼睛一亮,睁得老大,眼珠子好像在冒火,他断喝道:"我没有病!"接着,好像又睡着了。

两嗓子没有病的呻唤，是梦呓还是抗议？是掏心还是癔症？施炳炎听了，倒真的一惊。他八十六岁了，他懂得，越是大呼小叫不承认有精神病，越可能是当真有病。但这里似乎也有悖论，如同是说，认罪就算罪行轻微，态度良好；为自己辩护，不承认罪行，就是态度恶劣，坚持顽抗。这样说来，有病是病，没有病更是有病，有罪是罪，说自己没罪更是罪，人只能承认了自己罪才算不太有罪，这叫个吗话茬儿呢？这不是活要命吗？这不是逼供信吗？狐疑难解。他悄悄走出病室，找本院医师洋博士们去了。

院长、书记与医师对施原政协副主席不敢怠慢，向他详细介绍情况：说是在侯长友带着大核桃树峪青年与小堰涛村青年斗殴，抬走了一位伤者以后，欣安疗养院接到大核桃树峪村长与镇罗营党委及公安派出所紧急联系电话，他们说是一位原来有过精神病病案的老农，老英雄老革命的后代，轻度介入了大核桃树峪与小堰涛村五龙口水库争水斗殴事件，他的病情严重，使斗殴事态更加混乱。又由于此位老人之父是抗日战斗英雄，而其大哥，是抗美援朝烈士，他的身份在上上下下都具有相当的社会影响，镇党委与派出所建议，紧急将他送到伏牛欣安疗养院来处理、检查、治疗，这有利于本人康复，也有利于平息乡镇村落事态。

来疗养院后，患者本人态度焦躁，大喊大闹，声称自己无病，过去也无病，声称斗殴中他打死了人，他要自首，他要认罪，他要偿命。但本村与对方村落的在场人员异口同声，一律证明老人并未参与肢体冲突，现场并未发生老人自己所说的他本人挥杖打死人的情节，相反，老人一直苦口婆心地劝导说服双方子弟，有事好好商量，有话好好讲，不要动胳臂肘儿。

"我怎么听着有点不理解呢？六十年前我就认识十五岁的高小毕业学生侯长友，我叫他核桃少年，他很文明规矩，健康阳光，他是全村最文雅喜乐的一位少年，他怎么可能有精神疾患呢？一个受到过比较好的教育的好人，善良，同情别人，爱帮助别人的少年，从哪儿来的精神病呢?"炳炎干脆摊开了说。

一位博士,一位专职领导,一位兼职领导,三人互相看了一眼,顿了一顿,似有难言之语,又沉吟了一会儿,书记向院长兼首席医师、留学洛桑的精神科博士专家示意:"你报告给施主席吧。"

院长有点结结巴巴,他说:"我们知道一些情况,我们在贵省,其实是我省省城人民医院四部——就是那边的精神疾患治疗专科,看到了侯长友老人病历档案。一九六一年,离现在是五十五年以前,他患有情绪型躁郁症和癔症,并有轻微的精神分裂征候。主治医生三类医嘱是住院两个月,药物、理疗还有心理治疗。他住院一周就坚决要求出院,住院部与康复科医生认为他病情轻微,可以提前出院。另据院方人士说,侯长友住院有区领导的批示与民政局的费用报销支持,主治医生不敢掉以轻心,也是可能的。主治医生还制定了静电刺激、微电流刺激、低频脉冲刺激治疗,使用一批氯丙嗪等强力药物,也被住院部主任医师否定了。十天后病人再次强烈要求,住院部认为基本痊愈出院……"

院长此时看到了施炳炎大惑不解的神色,谨慎地说:"病历上提了一句,说是此次发病的直接切近原因是一只与他有点什么亲密关系的猴子的死亡,使他受了刺激,心理反应过度……"

猴子?施炳炎听了大惊,晕。

院长继续说:"侯长友后来一次发病,是在一九六七年新年,他老爹死了,您知道那个时候的一些情况。侯长友又出现了精神征候,也可能只是初期,仍是省里的民政部门介绍支持到省城就诊的,也有记录。当时社会有点乱,没有收留住院,给他打了针,又给了些安定片之类的药物,把他打发走了,后来情况不详。

"至于这次,他来这里,表现确有些狂躁亢奋。我们是医生,只能就临床诊断做出尝试,给他服用了奥沙西泮片,效果良好。有关公安部门与检察部门,向我们了解情况,我们开出了诊断证明。从专业上说,我们对侯长友老乡的疾病状况,看法一致,判断一致,形成一致的临床诊断与医嘱，本院党办与院办负完全责任。至于水利争端与斗殴致死事件，在这个事件中病人表现如何，责任如何，我们不能，也无能干预介入评论分析。此间，区政法委有一位副科级调研员女同志来过，看了看病人，没有与病人接触，问了问我们，也未置一词，后来她走了。"

施炳炎点点头，他听了有些难过，善良英俊的核桃少年竟然是涉嫌精神心理学方面的老病号。他无话可说，他走了那么长时间，早已没有了发言权，甚至也谈不上关心打问调查的过问权利与插话资格。他也更体会到几十年过去，天地人间，山川城乡，日月星辰，核桃榆子，一切都有变化，都有你想不到的新进展新情况，也会有想不到的事情与疑问出现，他对这个当年的核桃少年，如今的乡里长者，可能的或者同样是相当可疑的老病号，又有什么可说可问的呢？他点点头，再点点头。逝者已矣，夫复何言？他感到的是沉重和无能。他只能感谢海归博士与本地医护人员对病人的辛苦照顾与周到治疗服务。考虑到对这所疗养院，其实兼医院，印象很好，这使他得到相当的安慰。

"谢谢你们了，谢谢你们了。"他说了不知多少遍。

他说："王蒙老弟，我给你说一点文学方面的感受。欣安院的医学专家相当文雅，你感觉是这样的吗？"

王蒙连忙点头。

"他们的话最感动我的你知道是什么吗？我说的是从语言艺术的角度，不是医学也不是社会学，不，不是'未置一词'，也不是'不能无能干预介入评论分析'一口气六个谓语词组合在一起，我最感动的是'后来她走了'。"

王蒙点头："对，我们说过的，苏联老一代作家卡达耶夫的中篇小说《妻》——жена，写妻子千辛万苦，冒着生命危险到前方附近，寻找为国捐躯的丈夫的墓地，给丈夫行了礼，献了野花束，'后来她走了'。后、来、她、走、了。就这么简单，就这么不着一词，好像一丝文学装饰都没有，然而，什么都有了。"

二十七 碳酸锂

施炳炎学习翻阅了一阵子精神疾患学材料，他注意到碳酸锂对于治疗有关疾病的重要性，他了解到，至今，全世界的精神病学专家解释不了躁狂抑郁症的病理根源与药物功能，只知道含有微量元素锂的药品疗效不错，难道精神病的病源是微量元素锂的缺乏吗？什么是维持心理平稳的锂呢？他现在使用的改善听力用的丹麦产助听器用的所谓纽扣型锂电池，它们是同一个锂吗？能不能把用过的锂电池研磨服用呢？一切都是何等的唯物啊！

炳炎又翻阅了一些中医著作，所谓气机升降之枢在脾胃，所谓阴阳分离、手背白白而手心通红，所谓癫狂来由痰气上扰，所谓抽风抽疯，所谓心肾为根本，所谓肝肺为辅佐，所谓春秋多狂，尤其是春日发作危险……他想，人的精神是人的一种优胜与美好，是一种自恋与自得，却也可能是一种忧患与痛苦。事在人为，人最会爱抚自己，也最会折磨自身。

施炳炎委托了他的博士研究生，还有省政协老干部局的一位副处级调研员，带上一位助手，帮助他进一步了解侯长友的有关情况。一个是大核桃树峪村民并不愿意与外人谈本村一个老人的情况，一个是能记起一九五八年施炳炎等干部在这里"下放"的人已经绝无仅有，万事万物万人，都保不齐会蒸发消失。但说起侯长友来，所有人都说的是好话，长友那是从小敬老尊师、勤恳正直、助人为乐、与人为善、老实本分，没的可说。这些好话，炳炎听到了与听到了对自己的正面评价一样,非常欣慰。

炳炎关心一个问题:侯长友当真闹过精神病,而且不止一次吗?

多方面了解,大体说法是:当年一九六〇年春节,炳炎与妻子来大核桃树峪长友家看到了猴儿大学士三少爷,被长友放归野山之后,三少又回到长友这里来过两三次。长友非常为难,他确实喜欢三少,他确实养活不了三少。三少一到他们家就东翻西找,不但吃掉食品,也胡吃乱扔未经烹饪的原粮与生菜。终于三少的骚扰让长友忍受不下去了,他用木棍打了三少爷的红屁股。山民们说是,猴儿最感到侮辱的是人打它们的屁股,不要说打屁股了,就是你向猴子喊一声"猴屁股着火啦",猴儿也会听懂中文并与你搏斗拼命,原因在于猴屁股颜色殷红,长得硕大、光滑、凸出、浑圆,人看到它们的屁股,会感到一种受不了的赤裸性、火热性、扩张性、侵略性、过分挑逗性的受辱感、无耻感。说到着火,意在侮辱它的屁股,它决不接受。也就是说,喜欢猴儿的人也难于接受它们的屁股,而猴儿们更不能接受长着平淡无奇、孱弱乏味的屁股的人类孩子对于猴子屁股的无理歧视排斥吐槽糟践。

后来说是,挨打以后,三少爷愤忧已极,跳进原主人猴儿哥的院子,倒挂在猴儿哥家的榆树上,冻饿而死。村里人的说法则是,三少自缢而死,上吊了。

"什么什么,倒挂着怎么样自缢呢?"听到这个说法的调研员、助手与施炳炎老人家本人,都觉得难以置信。

"可您又问谁去呢?"

问谁去?"问谁去?问谁去?"后面的两声"问谁去",好像是第一句"问谁去"的回响。客心洗流水,余响入山钟;猴儿已已矣,人者犹懵懂。

过去了的事,现在只有不尽相同的说法了。如果施炳炎不是省政协副主席,连这样的说法也不会有什么人讲给你了。

人们说,猴儿三少爷之死,使长友受到刺激,人们说养个狗儿猫儿鸡儿死了还不好受呢,猴儿,那明明是通人性的啊。长友确实是"坐下"了病,至于这个病到底是不是病,这个病是轻症还是重症,是一时得得,过俩月就好了还是没完没了啦,村里背篓子与后来再不背篓子的人哪里知道?

是的,是王区长帮助他接受了治疗。到底是什么样的、什么程度上的精神疾患呢?到底精神病的定义怎样才是科学的呢?到底精神病人与非精神病人的界限能不能小葱拌豆腐,画他个一清二白呢?这里边,又会不会有什么误解,有什么隐痛,有什么以讹传讹,有什么混淆故事或者事故的张冠李戴、信口开河呢?事情过去多年,没有人能对这件事说得准确与清晰了。这也叫事或有因,查无实据的了。

二〇一六年斗殴事件之后,两个多月,长友出院回村,创造了农民住"洋楼"(医院)的超豪华纪录,日子静好,传说他给小堰涛村斗殴中意外死掉的小伙子的家属送了两万块钱去。住院与送钱,都得到了本村本乡本区的支持,村民老乡反而更不认为他有什么大病了。乡里也给了邻村亡者家属一些救济抚恤,两村青年间的矛盾有所缓和。省、市水利部门派了工作组来,初步解决了长期存在的两村争水问题。但解决以后,大核桃树峪的梯田浇灌,水源日益供不应求,五龙口水库来的水,将将够他们村的农家乐旅游的需要。还好,赶上为气候气象问题这边正在实行的退耕还草、退牧还林,越来越多的青壮劳力外出打工,农田水利的事也闹不起来了,本村的耕作农事、地亩管理,其实是走向萧条没落了。

出院三个多月,长友给炳炎大哥写了信,说是本村又有一个关于宅基地的纠纷,请炳炎帮助解决。长友写道:"我知道这些事儿你也没有办法,可是我表侄女家非找我不可,让我找大哥,我如果不写这封信,实在对不起她。我也没办法。又及。"

还没来得及做出回应,长友带着表侄女,来到省政协找施炳炎,老干部局有关同志接待了他们,向他们反复解释:农村土地,是集体所有,只能在本村本乡解决,这一类具体问题,省政协很难干预。又向他介绍，施炳炎的本职工作是原校长，更是大学文学院的外国文学专业教授、博导，是双肩挑的业务专家型领导，其实主要是专家。而且他无论是在大学，还是在政协，都已经退居二线近十年，这一类的事找施老，是不会有任何结果的。长友向省政协打听炳炎所在大学校名与地址，又问炳炎家的住址，老干部局的同志告诉长友，他们不能任意泄露老领导的个人生活信息。最后长友与表侄女二人白跑了一趟，回转走掉了。

施老非常为难，他觉得对不起长友，他又觉得自己实在没有办法，作为已经退下来的省政协副主席、教授博导，他确实没有任何可能协助一个山村的宅基地纠纷的解决，反过来说，即使他不是教授而是农村工作部的行政领导，是长友他们的区长镇长乡长村主任，他也无法直接处理这一事宜，他对中国的农村的，甚至城市的什么事都托人情、什么都挖空心思做"关说"的风俗，实在是无可奈何。

如此这般，又是两三年过去了，过完小年是大年，过完大年是上元，然后是清明，然后是夏日炎炎，然后是中秋，月亮、兔儿爷和广式、沪式、秦式月饼。纪律检察机关强调不可公费送礼，不可购买了月饼却由商家谎开服务费用的可报销发票。接着就是每逢佳节倍思亲，遍插茱萸少一人，九九重阳登高节。二〇二一年，妻子老刘在宣布不治五年过后，终于离世。遗体告别时，长友来了，他儿子开车送他来的，他从网上得知了情况，他儿子给省政协打了多次电话。炳炎很感动。他在老刘墓前喃喃地说："长友来送你了，长友送你来了。"

至少是暂时，炳炎选择了距离镇罗营三十六公里的北青山人民公墓，将老刘的骨灰罐安放在北青山。至于他自己，他过了世，可以依例上省城的革命公墓，也可以就安置在北青山人民的陵园。

他有一个女儿，后来定居国外了，他不愿意多想她，更不愿意议论她。他们礼貌地互通信息，各个节日互致祝贺祝福，平均每三四年，女儿回来一次与他见面。母亲去世以后，女儿回来的频率，估计更会下降了。

二十八　疑难与期待

王蒙听完了有关叙述,他说:"炳炎老啊,你说的我很感动,但是我告诉你,这样的故事,我不好写啊。后来,后来不能是这样一个后来啊,我们可以想象,后来长友又提高了一步,又有新格局和新境界。我们至少应该写写他的儿子啊,他是受过高等教育,又是会使用互联网+的新一代,他可能是红三代中层干部,他可能是创业成功,不是全世界也是全国,至少是全省的大企业家呀。要不他参与了什么科技研究,解决了一二难题,扭转了局面……"

"太好了,"施炳炎为王蒙鼓掌,"你这不是已经构思完成了吗?写小说,就是要尽情发挥你的想象力啊,你的笔力雄健,可说是文胆如天啊!"

炳炎强调,现在长友自己和他的儿子差不多已经达到了小康,大核桃树峪的乡亲们说,祖祖辈辈,他们什么时候过过这样幸福的生活呀!好啊,多么好!

王蒙说,他有几点仍然想不明白:第一,那个侯守堂到底是怎么跑掉的呢?是十七岁的、不带犬犹儿的侯哥儿,睁一只眼,闭一只眼,有意把他放跑了的吗?是侯哥儿睡得糊涂,让这个军统特务,土行孙一般土遁溜之乎也了吗?他在军统干了一个多月,他到底有什么具体的罪行呢?他能对王局长表那样的绝对不好说是具有任何反动性的好"态",他当真理解了咱们中国的现当代历史的必然性与正义性了吗?他对故国故乡桑梓之地当真有那样纯洁天真的旧情吗?他不是中华人民共和国的对立面吗?

施炳炎点点头,再摇摇头,笑一笑,叹叹气,他说:"也可能吧。不好说。反正不像,我干脆告诉你,他不会是 N 国的间谍。"

"也许是 N 国民间外交的需要?"

"那也不坏嘛,大核桃树峪村子的风水产生了 N 国这样一个民间外交家,又会看病,又会说话,又有什么不好呢?"施老笑了。

"还有,"王蒙说,"你还说过地下党时期你的老领导和入党介绍人说过,侯长友并不是抗日老侯的亲儿子,这是怎么回事呢?"

炳炎说:"后来我见到了王区长,当面问了他,他说,年代太久了,他已经记不清楚。当年北青山挺进队的营教导员,好像是带着一个孩子,孩子的妈妈在夜行军时候跌入山涧牺牲了,教导员受了重伤,他把孩子托付给当地农民游击队民兵了。是这样的吧?王区长老得有点前言不搭后语,也说不太清楚了。我还问过我的地下党时期的老领导老顾,更说不清楚。而现在呢,我也转眼鲐背了,人家说清楚,我也听不清楚,转达不清楚了。"

"老了,有点糊涂,有点打岔,有点剗不明晰,这也算一种享受,一种特权,一种照顾,一种放松的幽默吧。糊涂,尤其是打岔,多牛的大人物 VIP 才达到这样的境界哇!老爷子,您别打岔啊。什么?你说是我别算卦?我吃饱了撑的,算什么卦啊!我别掐架?我八十八了跟谁去掐架啊?什么?我是蛤蟆?我是拉呱?我是大大?我不哈喇……也不吹喇叭,更不是喇嘛,还不是哑巴!"

"王蒙本应该去说相声的啊。"炳炎叹道。

"那可饿了马三立、侯宝林他们啦。"

后来炳炎又说到炳炎妻子老刘的去世,她在陪炳炎去了长友家以后,又整整活了五年,最近才走了的。按照医学的说法,发现癌症,有所治疗,又生活了五年,就可以算是治疗痊愈者了。没有什么医疗是承担确保生命的长生不老的,生命而能永久,生命与生活的一切意义也就没有了。在 BTV 上,北京市冷面笑匠方清平的单口相声谈这个话题,深邃滑稽,达到极致,应该给他发奖噢。

谈到老刘,炳炎提到病重时,她说过,想听一遍话剧演员用不同的语言说"我们都老了"一语,她说她希望能听到中国的孙道临、好莱坞的马克斯·冯·叙多夫——他演过耶稣,也演过魔鬼,还有苏联影片中饰演过乡村女教师的薇拉·马烈茨卡雅的台词,真想听他们嗟叹一遍"老了"的事儿啊。

王蒙感动了。他说,如果问他,他会说希望听的是军委总政话剧团的林默予,还有大红大紫过很长一段时间、后来居住在香港的舞台与电影双栖明星唐若青的台词。林默予,一九四七年他在北平长安戏院看过她演出的《魂归离恨天》。唐若青,王蒙在一九四五年日军家属溃逃的时候抛售的收音机里,听过她主演的话剧《钗头凤》。听得正入神时候,突然停电了。到现在,八十有七,转眼米寿,他没有听完唐若青主演的唐婉的"雨送黄昏花易落"。他只听到了"红酥手,黄縢……"那个"酒"字他也只听到了三分之一,"jiu",刚出来"j",连元音"i"还没有振动声带,电流断掉了啊。

听到这两个如今没有啥人知晓的老明星老名字,施大哥沁出了几滴泪水,他说:"真的,我们都老了。"

"等等,"王蒙叫道,"你刚才的词儿说得多好,你像配音大明星,上海的毕克呀!你的声音与毕克配的《远山的呼唤》里的田岛耕作,也就是中国人很喜欢的高仓健的声音多么相像啊。"

炳炎并且告诉王蒙,在老刘的骨灰下葬与此后扫墓的一刻,他施炳炎对已经故去的妻子说几次的话正是:"我们都老了。"

然而我们还活着,我们还等着,我们还做着,还打算写与猴儿三少爷有点瓜葛的小说,还要再带三个博士生。活得越来越好。"活着,就能看得见!"

然后他们又笑了。

炳炎又说,大核桃树峪的空气、大核桃人的善心,已经被证明胜过了一切良药,它们为老刘赢得了五年阳寿增益。就凭这一点,炳炎

133

坚持，侯长友与他的父兄，就是天使。天使平凡，平凡才天使。天命只在一善一念间。

而且，下凡到千变万化、突飞猛进的人间，天使也有犹豫和闹心的时候。

"那么说，小堰涛村争水斗殴人命案，到底长友是否具有法律责任呢？他的住疗养院到底是不是含着受老乡医务专家的有意保护的背景呢？"王蒙问。

"不太好说，但我想不是。本来他就不是斗殴者，他没有殴打猛打猛冲的小堰涛的青年，两个村的人都是这样说的。有手机的录像做证。"

"那他为什么要赔偿重金呢？"

"CCTV的法治节目上讲过，'无过错责任及其赔偿补偿的适用处理'，这是一个民法范畴的原则。一对男女在公园里黑天谈恋爱，搂搂抱抱，一位老人经过，二人不好意思，站立跑走，把老人吓出心脏病死掉了，二人无过错责任，但在有能力的前提下，应该做出适当的人道主义赔偿。你稍稍一查，也就明白了。"

炳炎又说："反正我不会忘记核桃少年长友了，他即使因斗殴坐了班房，我也要去探望安慰。在我最不幸的年代，这个少年给了我鼓励和温暖。我永世不忘。"

二十九　山清水秀

　　王蒙觉得,施炳炎应该二〇二三年清明节再去北青山镇罗营大核桃树峪,他要陪他一块儿去。王蒙想象着二〇二三年他们到北青山镇罗营大核桃树峪的情景,不是过去完成式,而是未来想象式。那时,从省城到北青山,他们将体验到全面筑好的山区高速公路,美丽的先进的富裕光辉的北青山,使该区焕然一新,使北青山更加北青山,威势高耸,绿树葱葱,曲折高低,层次连环,同时布满着现代和先进的设施。那里沿路是两边的绿化带,挺拔自信的速生法国梧桐,低处的三季开花的红白灌木蔷薇,互相调剂与补充,成为花园大道的盛景。林带与绿化带里还将会有白玉兰与紫玉兰、迎春与月季、洋槐与大叶杨。而沿公路而矗立的高压电线钢架,与表示着强大电流的电缆电线磁珠,进一步显示出新山区交通与供电的威武。新落成的道路,平坦光滑洁净,地上的与头上悬挂的各种标志与说明,也将会更加规范周全崭新美丽,明白准确实用。到那时,施炳炎的感觉一定会是,路过的大大小小的乡村城镇城市与大都会,都依然该谁就是谁,同时,它们打扮得一个比一个漂亮。人们将会懂得:

　　　　标识惜古旧,建设出新貌;往事多怀念,新春乐美好。
　　　　乡愁自依依,文脉长葆葆;青山永无恙,溪水更含笑。
　　　　六十年过去,鲐背应未老;情思大跃进,如今真飞跃。

　　沿公路的所有餐饮酒肆、村落乡镇,它们是在准备新婚?都打扮成了新郎官新娘子,到处将会是满脸满身满桌满路满车的洋洋喜气。

到达村口的他们,自会为显然是新装修粉刷了的大券门,特别是为券门上方的过街楼而兴奋不已。王蒙想象中看到了省城规划,山村过街楼下内墙上恢复了历史上原有的八个匾额式大字"里仁为美,于斯万年",外墙上左右各题"紫芝"与"凝瑞"二字。炳炎从而会想起来陈独秀的"怕看新世界"的下联了吧,"乌衣犹看旧楼台"才是上联。当然他根本谈不上乌衣不乌衣了。为什么人一老,想到自己的挫折晦气经历,会觉得既搞笑又抱歉,而想到自己的某些所谓成绩功名社会地位的时候,他是不是应该更加惭愧与不好意思了呢?

不必惭愧的是五百年前的元明文物,还有他们的扫盲、作诗与造林。生长缓慢扎实虬劲的油松、红杉与侧柏,已经长得比姚明还高了。汗水没有白流,牛劲不会白出,人生不必遗憾,道路越走越宽。

施大哥多半会更加注意山体格局。周围四面环山。山体以石为主,许多山壁直立,威严坚决,刀削斧凿,孔武有力。那时全山似乎都经过了整修,有犁铧机刃上下竖耕过的痕迹,山壁经过了石匠的全面加工与人工智能机具自动加工。山体同时扩大了大绳网表面固定强化处理面积,防止塌方危险,保护了今后的侯(猴)哥儿陆(鹿)姐儿。几十年来,我们的山河地表,打扮了再打扮,装点了再装点,发现疑云危险了,安置了再安置,保护了再保护,谁能不为之心爱心疼心喜心颤呢!

到村里他们会首先给东平扫墓,献花圈,还放下一些干鲜果品。长友精神越来越好,精神病的话,至少是回避开就是了,请开!长友腿脚不太利索,他可以让儿子与儿媳陪炳炎大爷。儿子儿媳在深圳创业信息产业,置业开业兴业,时不时带着南方的朋友来走北方的山村。看吧,爬欧洲的阿尔卑斯山是开眼,登泰山华山峨眉是开心,一个巴掌大的元明小山村,也是别有洞天,别有风味,另有新时代旧时代现代化古代化的感觉呀。这次呢,就说是清明节回家扫墓吧。炳炎应该带长友的儿子与儿媳,开车上大核桃树峪的顶峰。

跟随着农家乐旅游的开发,修起了环山公路便道。人事多变,核桃无恙,天地林木,葱葱郁郁。设想一下,山顶上正在施工,看一看,不是在建筑,而是在拆毁。长友大概会说,确定了更加严格的环保要求,开发商违规在山上建筑的游客客房,一律拆除。今后这条盘山公路,没有特殊情况,未经省环保厅交通厅放行批准,也一律禁止机动车行驶。退耕还林,退耕退牧还草,管理化肥农药,都立了有所控制的新规矩。乡村旅游项目,今后让开发的有民俗娱乐、地方工艺、帐篷露营、山地体育、村史展览等等。另外,旅游部门称,倒是获准修筑一条观光索道,将进口瑞士产的一些部件,将本区旅游事业大大提升一步。还有,尤其是,文化旅游部门早晚要发现,咱们村的跳绳运动也有不俗的基础,省体育局与文旅局合作,体育用品商店赞助,要搞大规模省际农民跳绳竞赛。

那么炳炎不能不连连称赞。自己偷着乐,自己明白。余善积德,余恶积殃,种瓜得瓜,种豆得豆,促跳绳就是大家一起高高跳。善因善果六十年,一跳三抢圆转旋;猴样少年灵动妙,鹰姿壮汉质朴全。

他们还将说起早已落实、不断发展着的农村老年人养老补贴、医疗保险等等,这是破天荒的福利呀,老农们说,领导当真是人民的儿子啊,比儿子还强啊。长友与夫人,二人都过了耄耋之年,每月原发放养老保险共一千五百元,后来有所增加,加上儿子的尽孝,他们的生活很不错,他们翻盖了新房,墙角就应当摆满三元、金典盒装纯牛奶纸箱,还有露露杏仁露、汇源鲜果汁的包装,还有更多的冰箱专用鸡蛋精装塑料盒,令人欢喜,也有名牌点心匣子。他们给炳炎泡的茉莉花茶,当然是质量上乘。一次更比一次高档。

好事连连,但是谈到曾经让炳炎极为难忘的篓子与背篓子,则已经是告别多年,少有人问津,少有人知晓了。

这也是乡愁。炳炎或许会说,据他所知,从二十世纪八十年代以来,北青山地区的山村里,各种背篓已经被淘汰替换,早就不用背篓,也再没有编织各种背篓的匠人了。让耄耋鲐背期颐有光人瑞们记住与梦到各式可爱可亲的背篓吧,让我们在小说里回味背动荆条原料的坚韧可喜的篓子的喜悦吧。有王蒙他们写写写,背篓一时还不会被忘得干干净净。

与背篓一起离生活而去的还有石磨、水磨、石碾、驴车、旧型门锁与木箱子柳条包上用的锁、畜用犁铧……多了去了。旧景转眼不再,旧话仍难释怀,旧话含情脉脉,往事与老人们同在。

从大核桃树往山下看,新农村建设应有眉目。往远方看,模模糊糊,炳炎知道是自己的视力下降所致,但也担心环境污染。忽然,他看到了远方的一个什么东西在运动,在蹦跶,他一怔。

长友的儿子轻声说:"咱们村,有孩子说,那边山上有了猴子……去年就告诉我爹了。"

炳炎为之感动落泪。

"还有呢?"王蒙问。

"……"

王蒙必须说:"我在设想,我好像看见了,我应该写下来,再后来一些年后,虚岁八十四的长友,腿脚好一些了,孙子也三岁了,他带上儿子、儿媳、孙子上了核桃峰,对,他早就抱孙子了,是我太老了,疏忽了写更新的一代又一代。一定的。在大核桃树边,长友也看到了远处蹿蹿跑跑的小猴子们,他用两手合围成一个话筒,他大喊道:'大学士!三少爷!'整个山野,响起了回声,响起了不止一只猴儿的回响,呜呜呜,哝哝哝,哈哈哈,猴儿与少年们……都笑了!"

"对,"施炳炎说,"由于长友的张罗,山民们在北青山上把猕猴儿们引了过来,他们帮助猴儿搭窝,提供充足的饮食,镇罗营大核桃树峪成了猴儿戏之乡,招来了多少游客呀,连定居 N 国的侯守堂的子孙都与 N 国的游客来看猴儿戏了。对了,侯守堂去世于二〇一一年,享年九十岁。经这边核准,他把骨灰罐埋到老家小堰涛村了。故土难舍呀,到底是呀。

"…………"

云淡风轻近午天,群猴踊跃闹山巅;
时人不识余心乐,将谓偷闲写少年。

风萧萧兮奈何年,学士去兮不复还;
不复还兮君且待,山花烂漫猴满园。

庄周遐想山林佳,携手禽猿阿凡达;
天地山河人气旺,猕猴漫舞醉芳华。

少年写罢须发斑,猴儿离去有猴山;
此生此忆应无恨,苦乐酸甜滋味圆。

大山大河大团圆,花旦青衣一应全;
吴素秋情农户暖,徐秋影案指环寒。

古今多少愁和欢,背篓攀崖意正酣;
游遍五洲成一笑,山鸡蛋味最鲜妍!

狂风暴雨忙插条,立马青山待妖娆;
翠柏青松峰绿绿,小说奇事话滔滔!

敲键疾书笔未残,抒新怀旧意绵绵;
耄耋挥洒三江水,饕餮编修二百年!

花城出版社 2021 年初版